影子
SHADOW

［英］迈克尔·莫波格（Michael Morpurgo） 著

［英］克里斯蒂安·伯明翰（Christian Birmingham） 绘

陈水平 译

湖南文艺出版社
HUNAN LITERATURE AND ART PUBLISHING HOUSE

小博集
BOOKY KIDS

SHADOW

Text copyright © Morpurgo 2010

Illustration copyright © Christian Birmingham 2010

First published in English in Great Britain by HarperCollins *Children's Books*, a division of HarperCollins*Publishers* Ltd.

Translation © China South Booky Culture Media Co., Ltd. 2023 translated under licence from HarperCollins*Publishers* Ltd.

The author/illustrator asserts the moral right to be identified as the author/illustrator of this work.

著作权合同登记号：图字18-2022-042

图书在版编目（CIP）数据

影子 /（英）迈克尔·莫波格（Michael Morpurgo）著 ；（英）克里斯蒂安·伯明翰（Christian Birmingham）绘 ；陈水平译. -- 长沙 ：湖南文艺出版社，2023.1

书名原文：Shadow

ISBN 978-7-5726-0846-9

Ⅰ. ①影… Ⅱ. ①迈… ②克… ③陈… Ⅲ. ①儿童小说—长篇小说—英国—现代 Ⅳ. ①I561.84

中国版本图书馆CIP数据核字（2022）第162012号

上架建议：儿童文学

YINGZI

影子

著　　者：〔英〕迈克尔·莫波格（Michael Morpurgo）

绘　　者：〔英〕克里斯蒂安·伯明翰（Christian Birmingham）

译　　者：陈水平

出 版 人：陈新文

责任编辑：吕苗莉

监　　制：小博集 BOOKY KIDS

策划编辑：马　瑄

特约编辑：王佳怡

营销支持：付　佳　杨　朔　付聪颖　周　然

版权支持：刘子一

装帧设计：霍雨佳

出　　版：湖南文艺出版社

　　　　　（长沙市雨花区东二环一段508号　邮编：410014）

网　　址：www.hnwy.net

印　　刷：河北鹏润印刷有限公司

经　　销：新华书店

开　　本：875 mm × 1230 mm　1 / 32

字　　数：90千字

印　　张：7.25

版　　次：2023年1月第1版

印　　次：2023年1月第1次印刷

书　　号：ISBN 978-7-5726-0846-9

定　　价：30.00元

若有质量问题，请致电质量监督电话：010-59096394

团购电话：010-59320018

序

这已经不是我第一次为英国桂冠作家迈克尔·莫波格的作品写导读了。我认为，一位作家心中若没有爱，是不可能写出这样的作品的；我还认为，一位作家心中若没有博大的爱，是不可能写出这些作品的。这就是我对迈克尔·莫波格的评价。

我的评价不仅源于对迈克尔·莫波格作品的了解，更是因为这些作品所涉及的历史背景。这六部作品中《猫王子卡斯帕》以1912年在首航中沉没的泰坦尼克号为背景，《蝴蝶狮》以1914年至1918年的第一次世界大战为背景，《斗士帕科》的背景是1936年至 1939 年的西班牙内战，《花园里的大象》的背景是 20 世纪中期的第二次世界大战，《亲爱的奥莉》的背景是 1994 年爆发的卢旺达内战，《影子》的背景是 21 世纪初的阿富汗战争，六部作品的历史背景时间跨度长达一个世纪。

从中，我们可以清晰地看到，除《猫王子卡斯帕》外，另外五部作品均与战争有关，即便是与战争无关的《猫王子卡斯帕》也是以广为人知的海难——泰坦尼克号沉没为历史背景的。因此可以说这六部作品所讲述的故事代表了亚非欧三大洲的人们所经历的苦难。

迈克尔·莫波格非常擅长从真实的历史事件中取材，将人和动物这些个体生命的故事融入真实的历史事件中，从而大大增强了作品的历史厚度。《斗士帕科》和《花园里的大象》分别取材于西班牙内战中的绍塞迪利亚大轰炸和第二次世界大战中的德累斯顿大轰炸。在《蝴蝶狮》的前言中，我们也可以读到狮子的原型取材于第一次世界大战法国战场发生的真实故事。毫不夸张地讲，在我的阅读生涯中，到目前为止，《蝴蝶狮》是唯一一部只看前言就能让我泪流满面的作品，在前言有限的文字中，作家客观地讲述作品的创作过程，字数虽少信息量却极大，让同为作家的我深受震撼。

在这些作品中，迈克尔·莫波格以他最擅长的笔调，不预设意识形态立场，站在人道主义的高度来书写苦难中的人性，去讲述战争对个体生命摧残的故事。这些个体生命不仅包括人还包括动物，我曾在一篇文章中写过，动物是迈克尔·莫波格作品中必不可少的一分子，他擅长通过描写动物的遭遇来触动人内心中最柔软的部分。《蝴蝶狮》里的狮子白雪王子，《亲爱的奥莉》里的燕子英雄，《斗士帕科》里的小公牛帕科，《猫王子卡斯帕》里的黑猫卡斯帕，《花园里的大象》里的大象玛琳，《影子》里的嗅探犬影子，这些可爱的动物本应无忧无虑地生活，却都因战争或灾难的到来，与它们的人类朋友一样，遭受着苦难。我相信所有的读者在阅读时都会一边读一边默默地为它们祈祷。

细心的读者在阅读中，一定能体会到这六部作品是从迈克尔·莫波格所创作的约一百五十部中长篇作品中精心挑选的，它们分别代表了作家不同阶段的创作风格。《蝴蝶狮》出版于1996年，《亲爱的奥莉》出版于2000年，《斗士帕科》出版于2001年，这三部作品可以看成一个阶段；《猫王子卡斯帕》出版于2008年，《花园里的大象》出版于2010年，《影子》出版于2010年，这三部作品属于另外一个阶段。但无论哪个阶段，迈克尔·莫波格总是能够从适合儿童心理的角度来讲述故事，以人物遭遇或是名字巧合为切入点引出故事，《蝴蝶狮》中的我从寄宿学校逃跑出来后巧遇老妇人，引出当年也是从寄宿学校逃跑出来的伯蒂和他收养的小狮子的故事；《斗士帕科》里的爷爷和孙子在关于各自"说谎"的交流中带出黑色小公牛帕科的故事；《花园里的大象》中的卡尔与故事主人公莉齐的弟弟卡尔利名字相似，引起莉齐的注意及好感，由此带出了大象玛琳的故事；《影子》也是由同为棕白相间的史宾格犬多格带出驻阿富汗英军嗅探犬影子（波利）的故事。我们可以看到迈克尔·莫波格讲述故事的方式，与家长给年幼的孩子讲故事的方式完全一致，使小读者从阅读之初就产生亲近感和真实感。

六部作品除《亲爱的奥莉》外，迈克尔·莫波格均采用他惯用的内视角，即第一人称叙事，这种叙事者本身的个体性感知，能更真切地表现苦难亲历者所遭遇的内心痛苦，更容易同化读者，形成文本强大的张力，这也正是作家一贯的叙事风格。六部作品中《影子》的叙事结构相对复杂，采用了多角度叙事，分别从马特、外公、阿曼的视角讲述故事。多角度叙事要求作家具有高超的写作技巧和强大的把握故事的能力，这种叙事方式在他后期的作品里经常出现，从中我们可以看出迈克尔·莫波格没有停留在自己的创作舒适区，而是在不断地挑战自己、突破自己。

从这些作品中，我们可以看到迈克尔·莫波格对战争一贯的批判和反思态度。《花园里的大象》里的主人公德国人莉齐的父亲、母亲以及伯爵夫人，《亲爱的奥莉》里放弃学业远赴非洲卢旺达从事志愿工作的马特，他们的身上都散发着和平主义者的光芒。其他几部作品中虽然没有出现反战者，却通过战争带给主人公和动物们的苦难来批判战争。尤其是在《影子》中，我们可以发现作家具有强烈的现实动机，作家正是通过作品来表达自己对战争的批判、对现实世界的思考，因为就在今天，在世界上的一些国家和地区仍然还在上演着这样的悲剧。

然而，这并非迈克尔·莫波格这些作品真正的现实意义。当我们读到《影子》中阿富汗哈扎拉族少年阿曼对和平生活的向往、对影子的关爱以及马特一家、英军中士布罗迪对阿曼的帮助时，当我们读到《亲爱的奥莉》中被地雷炸断右腿的马特看到燕子英雄受伤的右脚后萌发出再回卢旺达从事志愿工作的想法时，我们就会发现，作家书写主人公在面对战争和苦难时所表现出的勇敢、坚强、博爱、尊重和宽容才是真正的现实意义所在。

最后，希望我们的读者能够从迈克尔·莫波格这套作品中汲取丰富的精神营养，从而成长为一个勇敢、坚强、博爱和宽容的人。

全国优秀儿童文学奖、2015"中国好书"获得者、
《将军胡同》作者 史雷
2022 年 7 月 22 日于北京西山

献给朱丽叶、休、加布里埃尔、罗斯和托莫

影 子

　　《影子》在创作伊始得到了许多人的帮助：娜塔莎·沃特、朱丽叶·史蒂芬孙，以及所有参与《祖国》这一剧本写作和表演的人员。这是一部令人震撼且引人深思的戏剧，它让我注意到了被关在亚尔斯伍德拘留中心的难民。同时，还有两部出色且令人难以忘怀的电影启发并影响了本故事中有关阿富汗的部分，它们分别是菲尔·盖拉布斯基导演的《在巴米扬大佛上玩耍的男孩》与迈克尔·温特波顿导演的《尘世之间》。最后，我还要对克莱尔·莫波格、简·菲弗、安·珍妮·莫塔格、尼克·拉克，以及利威亚·福斯等人所做的一切致以谢意。

迈克尔·莫波格

二〇一〇年八月

前　言

　　这不是一个人或者几个人的故事，这个故事涉及并永久地改变了许多人的一生。故事由马特、马特外公与阿曼讲述。他们在这里出生，在这里成长，因此让他们用自己的话来讲述这个故事是最好不过的。

目 录

星星开始坠落

马 特

　　如果不是因为外婆的树，这一切都不会发生。事情是这样的，自从三年前外婆去世后，外公总是会来曼彻斯特和我们一起过暑假。但今年夏天他突然说不来了，因为他担心外婆的树。

　　那棵树是我们一起种的，就种在外公在剑桥的小花园里。那是一棵樱桃树，因为外婆特别喜欢春天里樱桃树开出的白花。树种下后，我们每个人都拿着水壶依次给它浇了一点水，希望它从此能够茁壮成长。

　　"如今这棵树也是我们家的一分子了，"外公说，

"所以我得一直照看它，像照看家人一样。"

因此，几周前，当妈妈打电话问他今年夏天是否能来跟我们一起过暑假的时候，外公回答说，由于天气干旱他不能来了，已经一个月没下雨了，他担心外婆的树会死掉，他不能让这种事发生。所以外公说他必须留在家里给树浇水。妈妈竭力地劝他，并告诉他："您可以让其他人帮忙来浇水呀。"但没有用。妈妈又让我去试了一次，看我能不能说服外公，让他改变主意。

外公说："我不能去看你了，马特，但你可以来我这里。带上你的大富翁游戏，带上你的自行车，怎么样？"

就这样，来到外公家的第一个晚上，我和外公坐在花园里，靠在外婆的樱桃树旁边，一起仰望星空。我们吃了晚饭，给树浇了水，喂了小狗多格。多格这会儿正蹲在我的脚边，我很喜欢它在我旁边。

多格是外公养的一只棕白相间的小史宾格犬，它老是伸着舌头喘气。虽然口水很多，但很可爱。当然，多格是我给它取的名字，因为我小的时候，外公和外婆养了一只猫叫莫格。我觉得"多格"和"莫格"的发音差不多，而且还挺押韵。所以"多格"不是一个正儿八经的名字，可怜的狗狗。

我和外公还玩了一把大富翁，我赢了，之后我们便一直聊天。但是现在，我们只是望着星星，已经沉默了好一会儿。

外公哼起了曲子，继而唱了起来："当星星开始坠落……""其余的我不记得了，"他解释说，"这是你外婆生前最喜欢的一首歌。马特，我知道她现在就在天上看着我们。这样的夜晚，星星似乎离我们很近，近到你几乎伸手就可以碰到它们。"

听得出外公声音带着哽咽，但我不知道该说些什么。沉默了一会儿，我想起了一件事，它就像一个回

声一直回荡在我的脑海里。

我告诉外公："阿曼也跟我说过，星星离我们非常近。有一次学校旅行，在德文郡的一个农场，我和他在晚上偷偷溜了出去，就我们两个人，在午夜的星空下散步，天上的繁星多得数不清。我们俩就躺在田野里看着它们，猎户座、北斗星，整个银河浩瀚无垠。阿曼说，他从来没有像那一刻那样感到如此地自由。他跟我说，他小时候刚来曼彻斯特时，几乎以为我们英国根本没有星星。的确是这样的，外公，在曼彻斯特，你很难看清它们——我想是路灯太亮的缘故吧。阿曼告诉我，在阿富汗，星星布满了整个天空，感觉很近，就像在天花板上画满了星星。"

"阿曼是谁?"外公问道。其实我以前和外公提到过阿曼，他甚至还见过一两次，可是外公最近有些健忘。

"您认识他呀，外公，他是我最好的朋友。"我说，"我们同年，都是十四岁，生日也一样，四月二十二号。只是我出生在曼彻斯特，他出生在阿富汗，但他们现在要把他遣返回阿富汗了。你在我家的时候，他来过，我记得他来过。"

"我想起来了，"外公回答说，"个子不高，喜欢笑。你刚刚说什么？遣返？谁要遣返他？"

于是我又给他讲了一遍——虽然我确信我以前肯定都给他讲过——六年前，阿曼如何以寻求庇护者的身份进入英国，他刚来学校时一句英语都不会讲。

"但他学得真快，外公，"我说，"阿曼和我小学在同一个班，现在又一起在贝尔蒙特中学念书。您说得没错，他虽然个子小，可他跑得像风一样快，踢球就像魔法师一样。他从不多谈阿富汗的事，总说那是另一种生活，他不想去回忆。所以我也不好意思问。但外婆去世后，我发现，阿曼是我唯一可以倾诉的人。也许是因为我知道他是唯一能理解我的人。"

外公说："有个这样的朋友真好！"

"但是，"我接着说，"他和他妈妈已经在监狱里待了三周多了。那些人过来把他像个犯人一样带走了，我当时就在场。他们被送回阿富汗之前会一直被关在那个监狱里。我们给学校、给首相、给女王、给所有人都写过信，要求他们让阿曼留下。但他们都没有回信。我也给阿曼写过信，写过很多次。他只回过一次信，他说，关在那个监狱，晚上不能出去看星星，那是最糟糕的事之一。"

"监狱？什么意思？什么监狱？"外公问道。

"一个叫亚尔斯啥的监狱，"我答道，试着去回忆我寄信时写的地址，"亚尔斯伍德，没错。"

"离这儿很近，我知道那儿。"外公说，"也许你能去探望他。"

我说："不行的，他们不会让小孩进去的。我和妈妈都问过了，他们说我太小了，不行。现在我连他还在不在里面都不知道。我刚说过，他好久都没给我回信了。"

外公又有好一会儿没有和我说话，我们依然只盯着星星发呆。突然，我想到了一个主意。我觉得，这个主意肯定是星星给的。

"小孩也被关在那里吗？"

马特

我不知道外公会有什么样的反应，但我觉得这个主意值得一试。

我说："外公，我一直在想阿曼的事。我想，我们至少能搞清楚他现在还在不在那儿，您可以打个电话问问。如果他还在的话，您可以替我去探望阿曼，对不对？"

"可我跟他不熟，不是吗？"外公答道，"我该说些什么呢？"

我知道外公不太喜欢这个主意，我也就不好再坚持。没人能说服外公，家里的每个人都知道。就像妈妈常说的那样，外公可是个固执的老头。所以，我和他就静静地坐在那儿，但我知道外公一直还在想着这件事。

直到第二天早上，外公都没再提起这件事。我想他要么是忘得一干二净，要么就是已经决定不去了。无论是哪种情况，我都觉得不能再提这件事了。而且不管怎么说，现在就连我自己都想要放弃这个想法了。

不管天气如何，外公每天早上都会带着多格去散步，他会沿着河边的牧场一路走到格兰切斯特——这是外公雷打不动的日常活动。我知道，我在这里的时候，他是希望我能陪他一起去的。虽然我一向不喜欢早起，但我一走到那儿的时候，就爱上了散步，尤其是像今天这样雾蒙蒙的早晨。

周围没有一个人，河上漂着两只小艇和很多野鸭。牧场上有奶牛,所以我得牵住多格,但牵着它走路实在有点困难,因为多格一看到兔子洞就要冲过去察看一番,一看到鼹鼠挖的土丘,就想凑过去串门子、交朋友。所以,事实上,一路上都是我被它拖着走。

"多有趣的巧合。"外公突然说道。

"什么巧合?"我很惊讶。

"你昨晚说的亚尔斯伍德,应该是你外婆生前常去的难民拘留中心。那是几年前她还没有生病的时候。我不能确切地记得它的名字,但我想应该就是亚尔斯伍德——这就是我知道那个地方的原因,你外婆应该算得上是那儿的志愿者。"

"志愿者?"

外公回答说:"是的,她经常去探望住在那里的人——你知道的,那儿的难民,他们的日子很难熬,你外婆总是去安慰他们。你外婆生前去过许多监狱,做了很多这样的事情。但是她很少与人提起这些，她说这会让她难过。外婆一周左右就会去一次，至少陪别人开心地说笑一下。她总是这样做，她也常劝我说，我也该去试试，说我肯定很在行。但我一直没那个勇气。即便我知道我随时都可以想走就走，但一想到被关起来这样的事情我就感到很害怕。你说，这种想法可真傻，不是吗？"

"你知道阿曼在信里说什么吗，外公？"我告诉外公，"他说他数过，他和外面的世界隔着六道上锁的门，还有一道铁丝网。"

这时，我俩都不约而同地转过脸，面对面地望着彼此，我知道外公已经下定决心要去了。我们还没走到格兰切斯特，就立刻转身回家了，多格一点都不开心。

外公退休前是名记者，所以他知道怎样处理这些事情。一回到家，外公就开始打电话。他得知，要去亚尔斯伍德探望坎女士和阿曼,首先得写一封正式的申请信,以获得许可,我们等回信就等了几天。

不过,好消息是他们还在那儿,亚尔斯伍德的工作人员告诉外公,周三可以去探望,也就是两天后,探望时间是下午两点到五点。我立即写信给阿曼说,外公要去看他。我还想着他会回信或者打电话过来。可他没有,我完全不明白为什么。

去亚尔斯伍德的路上,我看得出外公有些紧张,他一直说,要是没答应我做这事该多好。多格坐在后排,头靠在外公的肩上望着前面的路,像往常一样。"我觉得如果您愿意的话,多格自己都能开车了。"我说道,想着让外公开心点。

"马特,我真希望你可以跟我一起去那里。"他说。

我答道:"我也想,但你可以的,外公。你只管去,你会喜欢阿曼的,他会记得你的,我能肯定他会记得。而且你带了大富翁,不是吗?他肯定能赢你,外公。不过别在意，因为没人能赢得了他。还有记得叫他给我回信，好吗？发短信或者打电话都行。"

上山的路又长又陡，好像直接通到了天上似的。车终于开到了山顶，我们也终于看到了大门，大门的周围还围了一圈铁丝网。

"小孩也被关在那里吗？"外公倒吸了一口气。

我们希望你回来

外 公

　　我把马特和多格留在了车里，然后朝大门走去。我根本就不想去，内心非常沮丧，这种感觉我记得只有在我第一天上学的时候有过。

　　一个板着脸的保安走过来开门，他这副表情和这个地方倒是很搭。如果不是马特在车里看着我——我知道他肯定会那样做——我会立马转身，回到车里，开车回家。但是我不能让自己丢脸，更不能让马特失望。

　　等到我最后转身时，马特已经下了车，准备去遛狗了，他之前说了他要去遛狗的，我们朝彼此挥了挥手。然后，我走进了大门，现在，我已经无法回头了。

当我顺着马路向拘留中心的房子走去的时候，我心里想着马特，这样我才能努力保持自己的勇气。最近两年，由于我独自一人生活，马特不得不经常陪伴我，我喜欢看着他和多格一起玩耍。

现在多格也老了，和我一样，但每当马特来的时候，它又会变回一只会撒娇的小狗。是啊，马特让它重拾青春活力，也给我带来了青春的气息。我不得不总是想着他们两个，因为他们总能让我很开心。他们能让我振作，这对我来说是好事。最近，我的情绪总是非常低落。马特和我，我们不仅仅是爷孙俩，我们已经成了最好的朋友。

但是，当我跟着其他拜访者一起往里走的时候，我一直在想：我来拜访阿曼的目的到底是什么呢？毕竟，这些政治难民最后不都是要被遣返的吗？所以这个探访到底有什么意义呢？我的意思是，我该说些什么？又能做些什么呢？我没有办法改变这一切。

但是马特希望我为阿曼做些什么。所以现在我来到了这里，我走进屋子，一道道门在我的背后锁上了，大富翁游戏套盒被我夹在胳膊底下，我依稀可以听见孩子们的哭泣。

我和其他的拜访者正在一起接受检查。大富翁游戏套盒必须交过去给警卫检查。警卫一看到我带进来的这个游戏套盒就狠狠地训了我一通。按照规定，这个东西是不准带进来的，但他们还是很不情愿地答应等会儿会还给我。

不管走到哪里，到处都是非常不友好的、充满敌意的寂静，到处都是板着脸的警卫，他们非常粗鲁地拍身搜查着每个访客。对我来说，这个地方所有的东西都很让人生厌：阴冷的储物柜房间——所有的拜访者都必须将外套与背包寄存在那里，死气沉沉的，钥匙在锁孔里转动的单调声音，会客厅里悲伤的塑料花，还有时不时传来的孩子们的哭声。

然后，我终于看到了他们，他们是寥寥几个至今都没有任何访客的人。正如马特曾说过的那样，我很快就认出了阿曼，阿曼也认出了我。他和他的母亲正坐在桌子前神情茫然地抬起头看着我，连个微笑也没有。他们正在等着我，但看到我，他们好像也没觉得有多高兴。一切是如此公式化、中规中矩、僵硬拘谨。和房间里的其他人一样，我们不得不面对面地坐在一张桌子的两侧。房间里到处都是军官，他们穿着黑白相间的制服，皮带上吊着钥匙串，警觉地盯着我们。

阿曼的妈妈坐在那里，耷拉着肩膀，面无表情，悲戚戚的，一声不吭。她的眼睛下面有着两道深深的黑眼圈，她看起来好像沉浸在自己的世界里。

至于阿曼，他比我记忆中的样子更瘦了，像只惠比特犬一样又憔悴又瘦弱。他的眼睛就像两潭水，充满着孤独和绝望。

我不断地告诉自己，不要向他们表示怜悯，他们不需要怜悯，他们真的不需要。如果你那样做了，他们马上就会感觉到。他们不是受害者，他们和我们一样只是公民。我应该尽量找一些共同话题来聊，就像马特在车里说的那样，只需要顺其自然。现在，我真希望大富翁游戏套盒可以早点被送过来。

"马特还好吗？"阿曼先开口问道。

"他在外面，"我告诉他，"他们不让他进来。"

阿曼苦笑了一下："真奇怪啊，我们想出去，他们不让我们出去。反过来，马特想进来，他们却不让他进来。"

有很多次，我都试着想跟他妈妈聊上一两句，但是她几乎不会讲英语，所以阿曼不得不总是替她翻译。我注意到，只有在我提到马特的时候阿曼才会积极地回应。即使是那样，我发现依然还是我一个人在不停地问问题。我真担心，如果我没问题问了，我们的谈话就会终止，然后我们就只能傻傻地坐在那里面面相觑。如果我问的问题与马特无关，他就会把问题转给他妈妈，然后给我翻译他妈妈的回答，他妈妈的回答也主要是"是"或者"不是"。无论我多么努力，我似乎依然不能让我们三个人之间有一个真正意义上的谈话。

所以，当阿曼突然主动开口聊起他们自己的时候，我非常吃惊。"我妈妈身体不太好，"他说，"今天早上，她的恐慌症又犯了。医生给了她一些药，但是这些药让她非常困倦。"他的英语说得非常标准，没有一丝口音。

"她为什么会得恐慌症？"我不解地问道，但我很快为我的问题感到后悔。这个问题太唐突了，是个人隐私。

"因为这个地方，我们被关在这里。"他回答道，"在阿富汗的时候她曾被关到监狱里过。虽然她很少说起她在监狱里的经历，但是我知道那些警察打了她。所以她恨警察，害怕被关起来。她昨天晚上做梦了，梦到她又回到了阿富汗的监狱，您能明白吗？所以有时候她醒过来，发现自己又被关起来，看到那些警卫，她的恐慌症就会发作。"

这时候，有个警卫突然拿着大富翁游戏套盒走了过来。"你很幸运，"他说，"只此一次，下不为例，懂吗？"然后，他就离开了。

真是个卑鄙小人，我心想。但是，我知道我最好将这个想法放在心里，不要说出来。无论如何，我现在已经拿到了游戏套盒，我可不想再次被他拿走。

"大富翁，"我说，"马特说你喜欢玩，而且你玩得特别好。"

看到游戏套盒，他的整个脸都开始放光。"大富翁！看啊，妈妈，你还记得我们第一次是在哪里玩它吗？"然后，他转向我，"我以前经常和马特一起玩这个，我从来没有输过，从没有。"

他迫不及待地打开棋盘，开始摆盘，当一切就绪，他开心地搓起了双手。他终于笑了，笑得好像都停不下来了。"您知道这里是什么意思吗？"他用手指敲着棋盘，叫了起来，"这个地方的意思就是'进监狱'。进监狱！这真是滑稽，不是吗？如果我的棋子到了这里，我就要进监狱，监狱。你也一样！"

他的笑是有感染力的，很快我们两个人都大笑起来。

这时候，另外一位军官朝我们走过来，这次是位女军官，但她和其他男军官没区别，一样地爱管闲事。"你们打扰到别人了，小声一点，"她呵斥道，"别让我再说第二遍！再这么大声，我就结束你们的拜访，明白吗？"

她这样咄咄逼人实在是没有必要，我一点也不喜欢这样。这次，我没有隐藏自己的想法。"所以你们这里不允许别人笑，是吗？"我抗议道，"在这里人们只能哭，不能笑，是这样的吗？"

这位女军官冷冷地盯了我半天，但是最后，她还是转身离开了。虽然这只是一个小小的胜利，但是我可以看到阿曼脸上浮出了笑意，这个小小的胜利对他来说意义重大。"不错。"他轻声说道，并暗地里给我竖起了大拇指。

影子

外 公

马特说得没错，阿曼玩大富翁游戏可真是无可匹敌。不到一小时，他就买下了整个伦敦，让我破了产，进了监狱。

"你看到了吗？"他说，紧握住两个胜利的小拳头，得意地晃了晃，"我很会做生意，就像我父亲一样。他是个农夫，我们过去生活在阿富汗巴米扬的时候，他养了好多羊，好多好多，他的羊是整个山谷里最好的羊。他还种苹果，青翠欲滴的大苹果，我喜欢苹果。"

"我们家的花园里也种了一些不错的苹果树,"我告诉他,"很可爱的粉红苹果。他们把它称作詹姆斯·格里夫苹果,等下次来我给你带一些。"

"他们不会让你带进来的。"他伤感地回答道。

"我可以试一试,"我告诉他,"我已经把大富翁游戏套盒带进来了,不是吗?"

阿曼笑了笑。然后,他突然朝我倾过身子,忽略了身边的母亲,开始问我各种各样的问题,比如我住在哪里,我过去做什么工作的,我支持哪一支足球队——看得出来,马特已经告诉了他不少我的情况,这让我很高兴。但是阿曼最想谈论的还是马特,他告诉我,他收到了马特所有的信,但是他考虑再三后觉得不应该回信,因为他知道他再也见不到马特了,这让他感到非常伤心。

"你怎么能那么肯定呢,"我告诉他,"你怎么就知道你再也见不到他了呢?"

"我能肯定。"他回答。我知道他是对的，当然，但我想我应该给他一点希望。

"人永远都无法预知未来，"我安慰他，"所以你也没法预知未来。"

那时候，我突然想起我从家里带来的那张全家福，那是出门前马特想出的另一个点子。我觉得这真是个好主意，我从上衣口袋里拿出了这张照片，正准备递过去。

有个警卫突然朝我们大喊，随后她跨过房间，朝着我们的桌子大步走了过来，就是先前那个让我们小声点的女军官。屋子里所有的人都看着我们。"这是不允许的！"她现在站到了我们面前，依然还在喊叫着，"你非要自找麻烦，是吗？"

现在，我真的生气了，而且我也不想掩饰。"需要这么大惊小怪吗？这只是一张全家福。"我把照片伸到她面前，"你看。"她拿起这张照片，很不高兴地检查着，过了好久才不情愿地把照片还给我。

"下一次你记住，"她告诉我，"所有的东西都必须经过安全检查。所有的一切！"

我只是点了点头，一言不发，直到她最后离开。

我恨自己没能站起来跟她争辩，但是我知道，就算我站起来跟她争辩，也毫无意义。如果我还想让阿曼看到这张照片，我就得忍耐。我在她离开之后朝阿曼得意地眨了眨眼，然后悄悄地把照片滑过桌面推到他那边，开始告诉他照片中都有谁。"这是我们一家人在花园里，去年夏天照的，这里有一棵苹果树。还有马特，他蹲在狗狗多格的旁边。我知道，狗狗的名字很没想象力，对吧？多格的年纪大概和马特的年纪差不多，跟你也差不多，它是一只很老的狗了。"

阿曼的眉头突然皱了起来，他拿起照片仔细地看着。"影子，"他自言自语道，然后我看到他的眼睛里充满了泪水，"影子。"

"你说什么?"我问道,根本不明白阿曼在说什么,"是照片里的什么东西吗?"

没有任何征兆,阿曼突然站起来跑出了房间。他的母亲也马上跟着他离开了,留下我傻傻地坐在那里,不知道怎么回事。我看着那张照片,依然想不明白这张全家福里面到底有什么东西让他如此伤心。

这时候,另外一位警卫慢慢地走了过来,他压低声音,用一种毋庸置疑的口气对我说道:"喜怒无常,你看,这就是他们最大的问题。除此之外,我还得提醒你,这个孩子还有点粗鲁无礼。"

我真的很想站起身抓住他摇几下,我应该让他知道我的想法,我至少应该回击他:"你怎么能体会被关在这里的心情呢?他还只是个孩子,没有家,没有希望,没什么东西能指望,除了被遣送。"

然而,我依然什么都没有说,这是这一天里我第二次保持沉默,我觉得我再次背叛了阿曼,我没有说出我真正的想法。无论我怎么看这件事情，这些都是我的错。我不应该让阿曼看这张全家福。

他刚开始相信我，而我却打破了这种信任。我虽然不明白为什么，但是这并没有让我更好过一点。整屋子的人都在看着我，我相信他们肯定以为我是故意激怒了阿曼。我等了一会儿，希望阿曼能回来，但同时我也希望我能离开这个地方。他没有再出现，我决定尽快把大富翁游戏套盒收拾好，然后离开。

我刚刚收拾完大富翁游戏里的最后一张钱币，关上盒子，这时候我看到阿曼穿过房间朝我走来。他再次坐在了我的对面，没有说一句话，也没有看着我。我想我应该说点什么。

"我可以把大富翁游戏留给你，如果你喜欢，他们又同意的话。"我打破了沉默，"你可以在这里和你的朋友一起玩。"

"我在这里没有朋友，"他回答道，依然没有抬头，"我所有的朋友都在外面，只有我在里面。"他还是没有看我，"但是我有一张我和朋友们的照片。妈妈说我应该给你看看。"

他环顾四周，确保没人注意到我们。

然后他偷偷地从口袋里拿出一张对折的纸，从桌子底下递给了我，我偷偷地把它在我的膝盖上摊开。

这是一张打印出来的电子邮件照片，照片里是学校的一支足球队，大家都穿着蓝色条纹的球衣。他们全部挤在一起冲着前面的照相机微笑。马特站在后面，胳膊扬起在空中，好像他刚刚进了一个球一样。

"这是我们的足球队，马特也在里面，你看到他了吗？"阿曼问道，"他们从学校寄给我的。那个是我的球衣。"他们一起抓着一件浅蓝色的足球球衣，衣服后面的数字是7，数字上面是大大的一行字——阿曼。

"如果你数一下球员，"他继续说道，"你会发现这里只有十个人，球队应该是十一个人，我就是那个缺席的人。那是马龙，中锋，去年进了二十七个球，和鲁尼一样优秀，甚至比他更好。那个高个子——像个长颈鹿一样的，站在后面那一排，马特旁边的，那是斯坦利。那个是我们的守门员，咧开嘴笑的那个，就是朝我竖起大拇指的那个。你可以看到他吗？"

我可以看到他，在最高的那一排的中间，举着一面巨大的旗子，旗子上写着：我们希望你回来！

"这些都是我的朋友，"阿曼告诉我，"我想回去找他们，回到我的学校，回到我在曼彻斯特的家里。那才是我该去的地方，那才是我妈妈该去的地方。那里也是米尔舅舅住的地方，是我们全家人住的地方。妈妈说她很抱歉，但是她现在很累，她需要躺下休息一会儿。但是她让我回来见你，跟你聊聊。刚才我跟妈妈说话的时候，她告诉我昨天晚上她做了一个梦，在遇到你之前，她梦到了父亲，梦到了我们在巴米扬

住的那个山洞，也梦到了那些士兵，还有影子。"

"影子？影子是什……是谁？"我问道。

"影子是我们的狗，"阿曼回答，"它就和您照片中的那只狗一模一样，当它跟我们在一起时，我们称它为影子。后来，大家叫它波利。它有两个名字，因为它有两段不同的生活，它的毛也是棕白相间的，就和您家的那只一样。连下垂的眼睛和长长的耳朵都一模一样。"

这真是太奇怪了，真是太让人难以理解了。"所以说，影子，"我说，"它是你的狗，它现在在你曼彻斯特的家里，是吗？"

阿曼摇了摇头："不，正如妈妈说的那样，我应该把所有的事情都告诉你，所有有关影子的事情，所有有关巴米扬的事情，以及我们如何来到这里的故事。正如我所说的那样，妈妈说她昨晚梦到您了，甚至在见到您之前就梦到您了。她梦到您牵着我的手，带我们离开了这里，她说她刚开始也不肯定那就是您，但现在她觉得就是您。她说您是一个好心肠的聆听者，您愿意听我们诉说，好朋友都是忠实的倾听者。就像马特，她说，就像马特。

"如果您不愿意倾听的话就不会来看我们了。她说您是我们最后的希望，我们能返回曼彻斯特的最后希望，我们能待在英国的最后希望。所以，她告诉我必须将整个故事告诉您。从最开始讲起，这样您就会知道我们为何会来到英国，我们到底发生了什么事情。她说也许您能帮助我们，这可能就是真主安拉的旨意。她说现在没有人能够帮助我们了，您会帮助我们吗？"

"我可以试一试，阿曼，我当然愿意帮助你们，"我回答道，"但是我不想给你们带来任何虚假的希望，我不能承诺任何事情。"

"我们不需要承诺，"他继续说道，"我只想您能够听完我们的故事。这就足够了，您能做到吗？"

"你说吧，我在听。"我告诉他。

巴米扬

阿曼

我想您得先了解一下我的祖父，所有发生的一切都要从他说起。

我没见过他，但我妈妈过去经常向我提起他的事，即使是现在，她有时候还是会谈起他，所以从某种意义上说，我是见过他的。

祖父曾经和她说，阿富汗过去并不是现在这样的。我们居住的巴米扬过去是一个美丽、宁静、和谐的谷地，不同部族的人生活在这里，丰衣足食，有普什图人、乌兹别克人、塔吉克人，还有包括我家在内的哈扎拉人，我们之间友好相处，没有冲突。

但是外国军队的到来打破了这一切，首先是俄国人，他们的坦克和战机到来以后，这里就不再有和平，很快食物也不够吃了。祖父那时候与阿富汗反抗军组织一起抵抗俄军。但是俄军的坦克最后还是攻占了巴米扬这片谷地，他们杀了很多人，我的祖父也没能幸免于难。

上面这些都是我出生很久以前的事了。

俄军撤退后，妈妈记得所有人都高兴了好一阵子。但是后来塔利班武装来了。起初所有人都挺欢迎他们的，因为他们和我们一样，都是穆斯林。可是很快他们就露出了真面目：他们对我们，尤其是哈扎拉人恨之入骨，甚至想让我们死——如果不服从他们，我们就会被杀死。他们摧毁了这里的一切，烧毁了我们的田地，炸毁了我们所有的房子，什么也没给我们留下。他们随心所欲，肆意屠杀无辜的人。人们除了四处躲藏别无选择。

所以，我出生在村子后面一个峭壁上的山洞里。我从小就在这个山洞里长大，和妈妈、外婆住在一起。我好像也没觉得有什么不开心的。我还上学了，有了一起玩耍的朋友。我不明白这样的生活有什么特别不好的地方。

妈妈和外婆总是争吵不休，大多数时候都是因为一件事，也就是被外婆藏起来的首饰，外婆把它们缝在了床垫里。妈妈总是想说服外婆把它们卖掉，这样我们挨饿的时候才有钱买吃的。但是外婆每一次都拒绝了，她认为我们挨饿也不是一两天的事了，但安拉保佑我们总能找到活下去的方法。而且她总说有比食物更宝贵的东西，所以她不能卖掉首饰。但是，她就是不说这个比食物更宝贵的东西是什么，所以妈妈每次都因为这个事心烦懊恼，但是我却不以为意，我猜大概是我已经习惯她们俩的争吵了。

我所有在意的人都住在这个山洞里，有一百多人，我们也没有别的地方可去，换句话说，是塔利班让我们没有别的地方可去。他们把巴米扬夷为了平地，炸毁了所有的房子，连清真寺也不放过。

他们所犯的罪行远不止这些。妈妈亲眼看见他们炸毁了凿在山崖上的那些大石佛像。她告诉我他们炸掉的那些佛像是世界上最大的石雕群，有几千年的历史了，过去人们常不远万里慕名来巴米扬瞻仰这些石雕。但是，现在这里除了一大堆石头，什么都没有了。塔利班毁掉了我们的一切。

他们太残忍了。

后来，美军带着他们的坦克、直升机、战机来了，他们把所有的塔利班，或者说是大多数的塔利班从这片山谷给赶出去了。我们都以为，从那开始我们的生活会变好，但是我们错了。爸爸会说点英语，所以他帮美国人做翻译。人们一直在说，我们马上会有新房子住了，还有新学校供孩子们学习。然而好像什么都没有变。食物比之前多了些，但还是不够，所以我们还是饿着肚子。妈妈和外婆此时又开始吵架了。

一切似乎又回到了老样子……

但是，一天深夜，塔利班的人闯进了我们的山洞，抓走了爸爸。那时我才六岁。他们叫他卖国贼，因为他给异教徒美国人卖命。妈妈拼命地想阻止他们，但是她的力气不够。我朝他们大叫，但他们压根没理会我。最后，爸爸还是被带走了。

后来，我们再也没见过爸爸。但是我一直记得他的样子。他们摧毁了一切，却无法摧毁我的记忆。爸爸以前经常带我去山谷里看他曾住过的房子，有时候还会带我去他以前放羊、种洋葱、种瓜的地方走一走，还有他种大青苹果的果园。

爸爸出去总会带上我，让我给驴子装柴火，每天我们都会下山到溪边打水，然后把水沿着陡峭的山坡运回山洞里。一旦我们有点钱，他有时候还会带我去市区买点面包，从屠夫那里买点肉。大家都喜欢他，我们在一起很开心，他和我一起嬉戏，甚至一起摔跤。

他是一位善良的好父亲。他是个好人。

可惜塔利班摧毁了一切，他们砍伐了果园，烧掉了庄稼，还把爸爸抓走了。我再也听不到他的笑声了，他留给我们的就只有那头老驴子。有时候我会和老驴子聊几句，就当爸爸在身边吧。可是，老驴子和我一样，也非常伤心，我想它也一样非常想爸爸吧。

从那以后，只有我们三人住在山洞里——妈妈、外婆和我。爸爸被抓走后的几个月里，外婆就一直躺在角落的床垫上，从没起来过，妈妈则坐在她旁边，眼神空洞，一言不发。所以，只能靠我去给家里人找食物——大米和面包。我只能去乞讨、去偷，没办法，我只能这样做。我只能一个人上山、下山，长途

跋涉到溪边取水，同时，也只有我一个人费力地带回足够的柴火，这样家里的火才不会灭。

我们总算度过了寒冷的冬天，没有冻死、饿死。但是外婆的腿伤越来越严重，后来她要我们扶她才能起床。

妈妈后来坐牢都是因为我。当时我跟着她去市区的集市，顺手偷了一个苹果，只是一个苹果，没有别的，那时候我们身无分文。我是个偷东西的老手，以前从来没被发现过，可是这回太不小心了，我被抓了。

"肮脏的狗！肮脏的外国狗！"

阿曼

我记得当时有很多人在喊："无耻的小偷！下流的乞丐！抓住他！抓住他！"我试着逃跑，但是还没来得及，就有人一把抓住了我，他一直打我，不肯放开。

妈妈试着过来保护我，但是人群越聚越多，突然，警察来了。妈妈告诉他们是她偷了苹果，不是我。所以，他们逮捕了她，把她押到监狱去了。她被关在监狱里有将近一周的时间，她在那儿受到了严刑拷打。至今，她的背上还有累累伤痕。

他们把她折磨得不成样子。

她回来后就只是躺在床垫上外婆的旁边，她们一起哭了好几天。她不拿正脸瞧我，也不肯和我说话。我很害怕她再也不和我说话了。

没过多久，影子第一次来到我们的山洞，影子是只狗，她很像你给我看的照片上的那只狗。

但是，在第一天晚上我看到它的时候，它又瘦又脏，满身都是伤痕。当时，我只是蹲在火堆旁取暖，抬头时就看见它坐在那儿盯着我。它和我之前见过的狗都不一样，个子很小，腿很短，耳朵长，眼睛是板栗色的。

我呵斥它，想把它赶走，你懂的，在我们阿富汗，家里一般都不会养狗，狗和其他动物都是生活在野外的。当然，我现在在英国住了很长一段时间，知道这里的情况不一样。这里有些人很喜欢狗，爱狗甚至超过了爱自己的孩子。老实说，假如我是一只狗的话，现在的待遇会好得多，他们可不会像现在这样让我闭嘴。

不管怎么说，我还是朝那只狗扔了块石子，想把它赶走，但是它依然蹲在那儿，一动不动。

我可以看出它在发抖，它瘦得全身的骨骼都凸了出来。它身上到处都是伤痕，而且看得出来它很饿。所以，我不再朝它扔石头，而是扔了块馊面包给它。它一口咬住面包，嚼了几口，吞了下去，然后它舔了舔嘴唇，想要更多的面包。

我又丢了块面包给它。后来，它趁我不注意的时候溜进洞穴，在我旁边的火堆边躺了下来，看来它一点也不认生，就好像这里就是它的家一样。这时，我发现它腿上有好多伤口，好像是和其他的狗打架时留下的。它一直舔着伤口，也许是担心伤口的情况。

妈妈和外婆很快就睡着了，我知道如果她们看见这只狗，就会把它赶出去。但是，我喜欢和它待在一起，我想让它留下来，因为我从它的眼神中可以看到善意和友好。我知道它不会伤害我，所以我躺在它旁边睡着了。

第二天一早，它跟着我下山去溪边打水。一路上，它跌跌撞撞，艰难前行。它安静地让我帮它洗了腿，清理了伤口。然后，我告诉它得走了，我拍了拍它，试图将它赶走。我知道任何人看到它都会朝它扔石头，就像我之前做的那样，我不想看到这样的事情发生。但是，在回去的路上，它一直跟着我，寸步不离。果然，一大群孩子发现了我们，他们沿着山路跑下来，想把它赶走。他们一边朝它扔石头，一边大叫着："肮脏的狗！肮脏的外国狗！"

我尽可能地阻止他们，但是他们不理睬我。我现在不怪他们，毕竟这只狗看上去确实特别，它和我们以前看过的任何一种狗都不同。它惊慌地逃走了，不见踪影。

我以为再也见不到它了。但是那天晚上，它又来到了我们的洞口。我后来发现它喜欢牛肚，不管腐烂到什么程度，它都喜欢吃。你知道牛肚吗？这是牛胃壁上的一种肉，也是我们在巴米扬唯一买得起的肉。

不管怎样，还剩下点烂肉，所以我都给它吃了。

但是不一会儿，妈妈和外婆醒来了，看到它趴在火堆旁就明白了眼前发生的一切。她们冲我发火，说所有的狗都很脏，不能让它进来。于是我抱起它，把它放到山洞的外面，它坐在那儿看着我们，一直等到外婆和妈妈睡着。它似乎知道这个时间是安全的，所以我一躺下，它就又回到了我的身边。

"你们一定要来英国"

阿曼

　　这样的生活持续了几周。也不知什么原因，这只狗似乎总能明白，只有我一个人的时候，或者外婆和妈妈睡着的时候，它才能到山洞里来。它也知道什么时候该保持距离。每天早上我醒来的时候，它都会坐在洞口等我下山去溪边打水。它会喝很长时间的水，尽情享受，然后乖乖地等我给它清洗腿上的伤口。还有，只要周围没别人，它就会跟着我一起去牵驴驮运柴火。

　　有时候，特别是我有很多朋友在场的时候，我几乎看不到它，或者只能够偶尔远远地瞥见它在看着我。它不在的时候我真的很想它，但知道它就在附近，我还是很开心。每天晚上，无论多晚，它都会来到洞口，等着外婆和妈妈入睡，当然还等着我给它喂吃的。然后它会溜进来躺在我身边，它总是把脸凑到火边，我真担心火会把它脸上的毛烧着。一天早上，我很早就醒来了，发现它不见了。难道发生什么事了？原来外婆已经醒了，她正坐在床垫上，而妈妈仍在她身旁躺着，妈妈看起来很伤心，眼泪都要流出来了。

估计她们又吵架了，或者妈妈受伤的背又开始疼了。

但不一会儿我明白了，她们以前也经常为了这件事争吵。事情是这样的，外婆想让我和妈妈把她留下，让我们母子俩离开巴米扬去英国，外婆说她年纪太大，不能和我们一起去。外婆有时会给大家读米尔舅舅从英国寄来的明信片，我从没见过他——但我感觉又见过——他是妈妈的哥哥。我很早就听说了他的事情，他早在我还没出生之时就离开了巴米扬。

所有住在山洞里的邻居都知道米尔舅舅的事情，他年轻时去喀布尔谋生，在那里邂逅了一个叫米娜的英国护士，他们结婚之后就一起去英国生活了。他一直没有回来，但他经常给外婆写信。米尔舅舅是外婆唯一的儿子，所以他写的信和明信片对她来说都弥足珍贵。

外婆总是把明信片拿出来看。时不时，就会有米尔舅舅的朋友从英国来看望她，他们会把这些信捎给她，而外婆总是把这些信和其他一些贵重物品一起藏起来。她喜欢给我看这些明信片，上面有红色的巴士、正在齐步走的红衫军，还有伦敦河上的桥。其中有一张明信片，她一遍又一遍地读给我听，我几乎记得里面的每一个字。不管她什么时候读，总会引起她和妈妈的争吵。

"总有一天，"她读道，"你们一定要来英国。你们可以住在我们的房子里，我们有足够的地方留给你们。这里没有战争，没有冲突。我的出租车生意现在还不错，我可以给你们寄钱，帮助你们来这儿。"

这时妈妈总是争论道："我才不管什么米尔，还有他的明信片。不管怎么说，我已经和你说过无数遍了，如果你不去的话，我也不会去，或者安拉保佑，等你的腿恢复了再说。"

"等我的腿好了，你就永远都走不了了，"外婆会反驳道，"我可是你的母亲！如果你父亲还在的话，他也会这样说。听我的话，我知道他也会这么说。我老了，我已经活够了。我自己很清楚，我心底里感觉得到，我的腿不会再好了，我再也走不了路了。你必须和阿曼离开这儿，这里除了饥饿、寒冷、危险，什么都没有。你知道留下来会有什么后果，警察会再来

的。去英国，去找米尔，在那里你们会安全的。他会
照顾你们。那里没有危险，没有警察。记得米尔说的
吗？那里的警察不会抓你去监狱，他们也不会打你，
在那里你也不会像牲畜一样窝在山洞里。"

妈妈经常试图打断她，但外婆很讨厌妈妈这样。
我记得有一天她非常生气，我从来没见过她生这么大
的气。

她大声吼道："你至少应该尊重一下你的老母亲。
你希望阿曼以后也像你一样不听话吗？所以，你一定
得听我的话。我跟你说，我熬不了多久了，我不想让
你们给我陪葬。在天上，安拉会照顾我，他也会庇护
你们一路安全到达英国的。"

她伸手从衣服底下摸出一个信封，将里面的钱倒
在她旁边的毯子上。我这辈子从没见过这么多钱。她
解释说："上周，米尔的朋友又捎来了一张明信片，
这次还附了些钱，他说这些钱足够你们离开阿富汗，

途经伊朗和土耳其，一路来到英国。他在信封外面还写了一些电话号码，这是你们途经喀布尔、德黑兰和伊斯坦布尔时必须联系的人，他们会给你们必要的帮助。此外，你们还必须带上这些东西。"

外婆取下了她的项链，从手上摘下了她的戒指，补充道："带上这些，我还会把我这段时间替你保存的首饰交给你。在喀布尔把它们卖个好价钱，它们会帮你获得自由，它们会让你摆脱所有的恐惧和愚昧，正是这些恐惧和愚昧让人泯灭了人性，变得残暴。把孩子他爸的驴子也带上，他在的话也会这样做的。等你不再需要它的时候，你还可以把它卖掉。别再和我争了。听我的，带上所有东西，这个信封、钱、首饰，还有我的宝贝孙子，快点走。安拉保佑，你们会平安到达英国的。"

终于，外婆说服了母亲，我们至少得给米尔舅舅打个电话。因此，等到我们再次进城去市场的时候，我们在公共电话亭给他打了电话。妈妈说完后让我和米尔舅舅聊了一会儿，米尔舅舅的声音在耳边响起，好像他就在我的身边似的，我至今还记忆犹新。他跟我说话的时候好亲切，好像他一直都记得我一样。最棒的是，他告诉我他是曼联的球迷，那也是我喜欢的球队。他甚至见过瑞恩·吉格斯，那可是我最喜欢的偶像，还有大卫·贝克汉姆！他说他会带我去看比赛，只要我们愿意，他和米娜都欢迎我们去住，一直住到我们有自己的房子为止。跟他聊完后，我欣喜若狂，恨不得立刻就去英国。

打完电话后，妈妈绕去市场买了些面粉，我边往前走边等她。过了一会儿，我转身想看她是否跟上来的时候，我看见一位摊主正朝她大吼大叫，他愤怒地挥舞着双手。我以为他们是因为钱的事在吵，也许摊主少找了钱，毕竟这种事在市场经常发生。

然而，事情并不是这样……

她赶上我，急匆匆地叫我赶紧走，我从她的眼中看到了恐惧。"别看，阿曼。"她说，"我认识这个人，他是塔利班的人，是个危险分子。"

"塔利班？"我疑惑地说，"他们还在这儿？"我以为塔利班很久前就被美军赶到山里去了。我听不懂她在说什么。

"阿曼，塔利班的人还在这儿，"她忍不住哭了起来，"他们无处不在，藏在警察和军队中，就像披着羊皮的狼一样。其实人人都知道他们的身份，但是大家都害怕，不敢说出来。刚在市场的那个人，就是当年来山洞抓你父亲的那个人，他们把你父亲杀害了。"

我转过身，想跑回去当面骂他是个无恶不作的刽子手。我要去当面控诉他，我想告诉他我一无所惧。"别看了。"妈妈说着就把我拖走了，"求你别做傻事了，否则只会让事情变得更糟糕。"

直到我们安全离开市区，妈妈才告诉我具体情况。"他在市场少找了我的钱,"她说,"我跟他讨说法时,他就威胁我,说如果我不离开山谷的话,他就会告诉他的兄弟,让我再吃牢饭。我非常清楚地记得他的兄弟,他就是以前把我关进监狱的警察,就是他打我,折磨我。阿曼,他们抓我不是因为你偷了苹果。他们害怕我透露是他兄弟杀了你父亲,害怕我说出他是塔利班的人。我该怎么办呢?我不能离开你的外婆,她生活不能自理。我还能怎么办呢?"我紧握她的手尽力安慰她,但她在回家的路上一直在哭。我一直安慰她说,一切都会好起来的,我会照顾她的。

那天晚上,我听见妈妈和外婆在山洞里小声地说话,说着说着就一起哭了起来。当她们睡着的时候,那只狗悄悄爬进了山洞,躺在我的身边。我把脸蹭到它的皮毛上,紧紧地抱着它,对它说:"会没事的,对吗?"

但我知道事情没这么简单，我知道一定会有更糟糕的事情发生，我有种不祥的预感⋯⋯

"挺直腰板，阿曼"

阿曼

第二天早上，警察来了。妈妈正好下山去小溪边打水了，所以他们闯进来的时候，山洞中只有我和外婆。和警察一起来的还有集市上的那个摊主，他们一共三个人，说要搜查这里。

外婆挣扎着站起来，试图阻止他们，却被他们推倒在地。随后，这些人转向我，开始殴打我，用脚踢我。就在这时，我看到那只狗奔跑着冲进山洞，它毫不犹豫地跳起来，冲着他们不停咆哮。但是这些人用脚踹它，用棍子抽打它，将它赶了出去。

　　之后他们似乎忘掉了我，转而开始打砸山洞中一切能破坏的东西，他们把东西踢得遍地都是，用脚踩烂了我们煮饭的锅，临走前还有一个人往我们的床垫

上撒了尿。

　　一开始我并没有意识到外婆究竟受了多么严重的伤，直到我帮她翻过身来，让她仰卧着躺好。外婆一直闭着眼睛，不省人事。她跌倒的时候肯定是撞到了头，因为她的额头上有个大大的伤口。我试图将血迹洗掉，并一直努力地想叫醒她。但是鲜血不断地从伤口涌出，她再也没有睁开眼睛。

后来妈妈回来了，她想了很多办法想让外婆苏醒过来，但都无济于事，当天晚上外婆就过世了。有时候，我觉得外婆的死仅仅是因为她不愿意醒来，她知道这是让我和妈妈离开的唯一办法，也是拯救我们的唯一办法。也许外婆以自己的方式，以她独特的方式，在与妈妈的那场争论中胜出了。

第二天，也就是外婆下葬当天，我们离开了巴米扬。遵从外婆的嘱咐，我们带上了爸爸的驴子，让它驮着我们仅有的那点行李：炊具、毯子和床垫。床垫里藏着外婆的首饰和米尔舅舅寄来的钱。我们还带了一些面包和苹果，这是朋友们特意送给我们的，他们知道我们要离开。就这样，我们走出了山谷。我努力不让自己往回看，但却做不到。我无法控制自己。

发生了这么多的事情，我几乎忘记了那只狗，当我再次想起它的时候，我觉得我还真有点对不起它，毕竟就在前一天，它还试图在山洞里救我的命。不过后来，这只狗又突然出现了。起初，它跟着我们走了好远，后来它干脆跑到我们前面，就好像在给我们带路似的。这只狗好像知道自己要去哪里，它时不时地停下来，在地上嗅来嗅去，然后回头看看我们。我不太确定，它这样做是在看我们跟上没有，还是想告诉我们一切都好。它走的确实是通往喀布尔的路，而我们要做的就是跟着它。

我和妈妈轮流骑着驴。一路上，我们俩都沉默不语，沉浸在深深的悲痛之中，外婆死了，我们不得不离开巴米扬，而且疲倦也朝我们袭来。幸运的是，旅途的开端还算顺利，我们有足够的食物和水。老驴迈着沉重的步子往前走着，狗一直陪在我们身边，它依旧走在我们前面，鼻子贴着地面一路嗅着，尾巴不停地摇摆着。

妈妈说我们要走很多天才能到达喀布尔，我们每个晚上都要设法找到一处能落脚的地方。一路上遇到的人都很友善好客，阿富汗的农村虽然不富裕，但村民们无论有什么，都很乐意分享给我们。

每次赶完一天的路程，我们总是筋疲力尽。虽然我一直开心不起来，但心里还是开始有些小兴奋。我知道我即将开始一生中最大的冒险——我就要和米尔舅舅一样，去山外的世界闯荡了。

我要去英国了。

当我们离喀布尔越来越近时，道路变得喧闹起来，一路上都是货车、陆军的卡车，还有手推车。驴子在川流不息的车流中变得异常紧张，我和妈妈只好下来步行。警察的检查站出现在前面，我立即察觉到了妈妈的恐惧。她抓住我的手，不愿松开。她一直在跟我说不要害怕，一切都会好的，安拉在保佑我们。但我知道，她更多的是在说服她自己。

我们到了检查站，警察先是大声呵斥着那只狗，向它丢石头，想把它赶走。狗正好被一块石头击中了，它痛苦地叫了一声跑开了。我当时义愤填膺，怒火燃起了我的勇气。我狠狠地回敬他们，告诉他们我对他们的看法，以及所有人对警察的看法。所有在场的警察像愤怒的蜜蜂一样把我们包围起来，朝着我们大喊大叫，骂我们是肮脏的哈扎拉狗，还用步枪威胁我们。

然后——狗又回来了，一开始我简直不敢相信。它真勇敢。它直接冲向警察，对着他们咆哮，在他们把它踢开之前，它成功地咬住了其中一个警察的腿。气急败坏的警察向狗开了枪，这次它逃走了，没有再回来。接着，警察将我和妈妈带到小屋后面，把我们逼到墙边，向我们索取身份证件。他们看起来怒气冲天，我差点以为我们要吃枪子了。

这些警察和妈妈说，我们的证件和我们一样糟糕透顶，除非交出我们的钱，否则他们不会把证件还给我们。妈妈拒绝了。因此，他们用粗鲁并且极为侮辱人的方式搜了我们的身，当然他们一无所获。

但是，后来他们搜了床垫。

他们把床垫切开，发现了藏在里面的钱和外婆的首饰。之后，这些警察当着我们的面瓜分了米尔舅舅的钱和那些首饰。他们还拿走了我们剩下的食物，甚至是水。

其中一个，应该是负责人，把空信封和我们的证件还给了我。他狰狞的脸上露出一丝讥讽的微笑，他丢了两枚硬币到我手上，说："你看看，我们多大方呀。即使你是哈扎拉人，我们也不会让你饿死的，不是吗？"

在我们离开之前，警察还牵走了爸爸留下的那头老驴。过了那个检查站后，我们变得一无所有，就只剩下他们的嘲笑、两枚硬币和我们随身穿的衣服，那嘲笑声一直在我们的耳畔回响。妈妈紧紧抓着我的手，"挺直腰板，阿曼，不要低头，"她说，"我们是哈扎拉人。我们不会哭。我们不会让他们看到我们的眼泪。安拉会眷顾我们的。"

我们俩都忍着泪水。我为她的做法感到骄傲，也为我自己感到骄傲。

差不多走了一小时后，我们才在路边坐了下来。妈妈用手捂着脸，痛哭不止，看起来像是失去了所有的信心和希望。我没有哭，或许是因为当时太生气了。我记得那时我正在查看我脚后跟上的水泡，一抬头，突然就看到那只狗从沙漠那边朝我们奔来。它蹦到我身上，也扑到妈妈身上，拼命地摇着尾巴。

令我吃惊的是，妈妈对此似乎并不介意。事实上，她笑了，尽管满脸是泪。妈妈说："至少，在这个世界上，我们还有一个朋友。这只狗真是勇敢。我之前对它不太好，错怪它了，它可能不像其他狗，也许它也是外地的，正因如此，我们应该欢迎它，照顾它；也许它仅仅是只狗，但我认为它更像一位朋友，一个不想离开我们的友好的影子。你永远不会失去你的影子。"

"那它就叫这个名字吧，"我对妈妈说，"影子，我们就叫它影子吧。"那只狗抬头看着我，似乎对这个名字很满意。它在微笑，它真的在微笑。不久后，它就再次蹦蹦跳跳地在我们的前方开道了，它沿着路边一直嗅着闻着，并一直对着我们摇尾巴。

这世界真奇怪。我们刚刚失去了所有的一切，变得一无所有，而且几分钟前我们似乎已经陷入了绝望，但现在，影子那不断摇摆着的尾巴似乎又给我们带来了新的希望。我发现妈妈也有相同的感受。那时候我相信，我们总会找到某种办法前往英国的。影子会把我们带到那里。尽管我目前还不知道该怎么办。
但是我们会做到的，只要我们在一起，我们会找到办
法的，车到山前必有路。

车到山前必有路

阿曼

我们不得不在路边坐了很长时间，直到天黑。四周黑漆漆的，只有繁星为伴。每经过一辆卡车，我们就被扬起的灰尘蒙上一头、一脸的灰。但最后我们还是搭上了一辆便车，坐到了一辆装满甜瓜的皮卡车后面，身边是几百个甜瓜。

由于实在是太饿了，我和妈妈吃了几个放在我们身边的甜瓜，在车开的时候我们把瓜皮扔到后面，这样司机也发现不了什么。之后我们睡着了，车上并不舒服，但我们实在太累了，也管不了那么多。我们抵

达喀布尔的时候已经是第
二天早上了。

　　妈妈这辈子从未来
过喀布尔，我也一
样。我们将所有
的希望都寄托在
米尔舅舅写在信封
背面的联系电话上。

　　我们要做的第一件事就是寻找公用
电话，司机让我们在集市那里下了车。这是我第一次
进城。城里的人真多，到处都是街道、商店和建筑
物，到处都是汽车、手推车和自行车，到处都是警察
和士兵。他们都带着步枪，这些枪对我而言已经不再
新奇或令人恐惧，在巴米扬，每个人的家里都放着步
枪。步枪在阿富汗几乎人人都有。让我害怕的是他们
的眼睛，每当我们经过时，每个警察或者士兵似乎都

在盯着我们，并且好像只针对我们。

但后来我才知道，他们对我和妈妈并没有那么感兴趣，让他们感兴趣的是影子。影子偷偷地紧跟在我们身边，比平时靠得更紧，它还时不时地用鼻子触碰我的腿。我发觉，它和我们一样，一点都不喜欢这个嘈杂的地方。

寻找公用电话花了点时间，妈妈在电话里与米尔舅舅要我们联系的那个人约好了见面。一开始他很热情，招待了我们一顿热饭。当时，我误以为一切都会好起来。但是当妈妈告诉那个男人，我们的钱被人抢了，我们弄丢了米尔舅舅给我们去英国的路费的时候，那个男人突然变得不那么友好了。

妈妈恳求他帮帮我们，告诉他我们无处可去，无处过夜。那时，我开始注意到，他就像街上的警察和士兵一样，似乎也对影子很感兴趣。最后，他同意给我们一个房间住，但只能住一晚。整个房间空荡荡的，只有一张床和一张地毯，我以往都住在山洞里，所以那个房间对我来说就像是一座宫殿。

我和妈妈只想睡觉，但是那个男人一直待着不肯走，他不让我们单独待着。他一直在询问有关影子的各种问题，问我们是从哪里得到它的，它是什么狗。"这只狗，"他说，"看起来是一只外国狗，我是这么觉得的。它咬人吗？它是只优秀的看门狗吗？"

我越看这个男人就越觉得他不是个好人。影子也不喜欢他，总与他保持着距离。他的眼睛四处乱转，一脸的刻薄和阴险。所以我故意告诉他："是的，它咬人，如果有人攻击我们，它就会变得非常疯狂，和狼一样。"

"那它真是一个好战士啦？"他问。我立马回答："它是最勇敢的战士，一旦咬住什么，就绝不松口。"

"好，很好。"那个男人讪讪地说道。他思考了一两分钟，但一直没把目光从影子身上移开，他又接着说道："这样吧，我可以帮你们的忙。只要你把这只狗给我，我会为你们安排好所有的事情。我会给你们足够的钱，让你们越过边界进入伊朗，一直到土耳其。我保证你们不会遇到任何麻烦。这样如何？"

这个男人一说完，妈妈立刻明白了他的企图，"你要拿它当格斗犬，是不是？"妈妈问。

"是的，"他告诉妈妈，"虽然这只狗身材有些小，一般来说，只需要一只普通的阿富汗格斗犬就能把像它这样的外国狗撕成碎片。但是只要它很善战，那就足够了。身材大小不重要，重要的是人们要看到格斗的场面。我们可以成交吗？"

"不，不可能。我们不会卖掉它，对吗，阿曼？"妈妈回答道，她蹲下来用手臂抱住了影子，"无论怎样我们都不会卖掉它。它一路跟着我们，我们也会一直带着它。"

那个男人大发雷霆，他开始对我们大喊大叫："你以为你是谁？你们哈扎拉人统统一样，一样目中无人。你最好考虑清楚了，要不把这只狗卖给我，要不你就试试看！我明天早上再过来。"

　　他离开时砰地摔上身后的门，我们听到钥匙在锁孔中旋转的声响。稍后我试着打开那扇门，却发现它被锁得死死的。我们成了他的囚犯。

数星星

阿曼

　　房间的窗户很高，但妈妈觉得，如果我们把床挪到窗户这边，然后爬上去，也许我们就能爬出去了。不管怎么说，我们决定试试看。那个窗户很小，离外面那侧的地面也会很高，但我们别无选择，不得不尝试。这个小窗户是我们唯一的希望。

　　我先爬了上去，妈妈把影子托上来交给了我，我让影子先跳到地上，看到它安全落地后，我也跟着跳了下来。对妈妈而言，穿过窗户是更加困难的事情，她花了一些时间，但最终还是设法让自己挤出了窗户，跳了下来。

我们是在一条小巷里，四下无人。我希望赶紧跑走，但妈妈说跑步容易引起别人的注意。于是我们匆匆地走出小巷，走进了喀布尔拥挤的街道。

身边都是人，我以为我们足够安全了，但是妈妈说我们最好赶紧离开喀布尔，尽我们所能远离那个男人。我们没有买食物的钱，没有坐公交的钱，所以我们只能步行，影子再次走在前面，带着我们穿过喧闹的人群和车流。我和妈妈已经筋疲力尽了，没办法再去注意它把我们带到了哪里。东西南北都行，任何方向都不重要，最重要的是，我们正把危险抛在身后。

天越来越黑，我们走到了城外。星星和月亮已经爬过了山顶，但那晚冷极了，我们必须尽快找到过夜的地方。

我们试图搭个便车，但几小时过去了，没有车愿意停下来。接着幸运的事还是发生了，一辆卡车停在我们前方的路旁。我跑过去敲了敲驾驶室的窗户，问司机是否可以载我们一程。他问我们从哪里来。当我告诉他我们来自巴米扬，要去英国的时候，他笑了，他告诉我们，他就来自山谷下的一个村庄，和我们一样是哈扎拉人。他没有去过英国那么远的地方，最远只去过坎大哈，所以他只能送我们去那里。只要能帮上点忙，他很乐意带上我们。妈妈对他说去哪里都可以，我们又饿又累，需要休息。

只有这个司机才是我们一直希望遇见的那种大好人、大善人。他给我们水喝，把他的晚饭分了一些给我们吃。在温暖的驾驶室，我们身上的寒冷终于被驱散了。他问了我们几个问题，主要是关于影子的。他说，他以前只见过一只长得和它差不多的外国狗，和美国士兵或英国人在一起，但他不确定到底是哪一种狗。

"他们利用这样的狗来寻找路边的炸弹，狗能把它们闻出来，"他悲伤地摇了摇头，"那些士兵，外国士兵，他们戴着头盔，看上去长得都差不多。其中有些人还很年轻，大多数人还只是孩子，年纪轻轻的就背井离乡，最后死在异国他乡。"之后，他不再说话，只是轻轻哼着收音机里的音乐，我们也不知不觉地睡着了。

不知道过了几小时，司机把我们叫醒。"坎大哈，"他说着，在他的地图上指出了通往伊朗边境的那条路，"伊朗在它的西部。但是，你们需要文件才能穿过边境。伊朗人非常严格。你有文件吗？钱呢？"

"都没有。"妈妈告诉他。

"文件我是肯定帮不上忙，"司机说，"不过我有一点钱，钱不多，但你们是哈扎拉人，像我的家人一样，你们比我更需要这些钱。"妈妈不愿收下，但是他十分坚决。所以，多亏了这个陌生人，我们至少有吃的，还能找一间房住下来，慢慢研究下一步要去哪里，要做什么。我不知道司机给了我们多少钱，但我知道，在妈妈付了饭钱和那一晚的房钱之后，我们的钱就所剩不多了，刚好还够我们买第二天早上离开城镇的巴士票。但事与愿违的是，巴士并没有把我们带得很远。

我们乘坐的那辆巴士本应该把我们带到边境，但它刚走到一个村子里的时候就突然抛锚了。这是一个与巴米扬山谷截然不同的乡村，巴米扬气候温和，但是这里既没有果园也没有农田，一眼望去只有沙漠和岩石。白天的尘土和酷热让人几乎无法呼吸，晚上却很冷，我们有时冷得睡不着。

但是这里的天上也有星星。父亲曾跟我说过，只要试着数星星，最后总能睡着的，大多数夜晚他的这招都比较奏效。不论白天还是晚上，我们总是口渴，总是挨饿。而且我脚后跟的水泡一直在恶化，越来越疼。

走了很多天——不知道有多少天，我们终于来到了一个小村庄，我们从井里舀了些水喝，然后休息了一会儿，妈妈还为我洗了脚。村子里的人站在门前，警惕地看着我们，好像我们来自外太空。

当妈妈向他们打听去边境的路时，那些人耸了耸肩，转身离开了。影子似乎又一次让他们产生了兴趣，而不是我们。影子一直在做自己常做的事，跑来跑去，用鼻子四处嗅来嗅去。当我们离开的时候，我看到一些孩子跟着我们，从远处看着我们。在村庄外面，有一个十字路口。"怎么办？"我问妈妈，"我们该走哪条路？"此时，我注意到影子突然停下了脚步。它站在十字路口，一动不动，低头盯着路边的地面。我呼唤它，它甚至没有转身。我马上知道前面肯定出了什么问题。

我转过身。村里的孩子们也停了下来，有一两个孩子正指着什么，不是指着影子，而是指着路前方的更远处。

然后，我也看到了他们看到的人，是几个外国士兵，他们正慢慢地朝我们走来。走在最前面的人拿着一个探测器——以前我在巴米扬见过这种东西，知道它们的用途。他正在探测前方的路上有没有炸弹。刹那间，我突然意识到这两件事的联系，才真正明白影子在做什么——它发现了一颗炸弹。它将炸弹指了出来，它正在告诉我们炸弹在哪里，而且我莫名感觉到，它也在告诉那些士兵炸弹在哪里。

但是，他们现在还没看到影子，路边的一块巨石挡住了士兵们的视线。我奔跑起来，不假思索地奔跑，朝着士兵、影子，还有炸弹的方向。

波利

阿曼

我跑呀跑呀，一边向士兵们挥着手，警示他们，我大声呼喊着，告诉他们这里有一颗炸弹。我指向炸弹的位置，也就是影子所在的位置。

所有的士兵都停了下来。他们蹲下身子，用枪瞄准了我。

在那一刻，整个世界似乎都静止了。我记得最后其中一个士兵站起身来，冲着我大喊，让我不要再往前走。我那个时候并不懂英文，但我还是明白了他的意思。他想让我往回走，而且越快越好。

我照做了。

我不断后退，直到妈妈用胳膊一把抱住了我。她紧紧地抓住我，由于恐惧而不断哭泣。直到那时，我才开始感到害怕，才真正明白我们的危险处境。

那个士兵朝着影子走去，一遍又一遍地喊着一个词。显然，他不是对我们说话，而是对着影子："波利？波利？波利？"

影子转过身，一看到他便立刻摇起了尾巴。但很快，它又静静地蹲着不动了，像一尊雕像，低着头，鼻尖朝下指着。影子从来不会向任何人摇尾巴，除非是朋友。也就是说，它认识这个士兵，而且这个士兵也认识它。

他们是老朋友。一定是的。

但他们是怎么认识的呢？我完全想不出答案。这真是个奇怪的时刻。我明明知道炸弹随时都会爆炸，但是我忘记了害怕，满脑子都在想那个士兵是怎么认

识影子的。

那个士兵仍旧冲我们大喊，让我们再走远些，之后他挥手示意我们趴下。妈妈一直不停地将我向后拉，几乎是一路拖拽着我，直到我们找到一个战壕，安静地趴在了战壕底部。她紧紧地抱着我，把手放在我的头上，把我的头压低。

"阿曼，别动，"妈妈在我耳边轻声说道，"别动！"我们就这样一直趴着，妈妈还在不停地祈祷。

我不知道我们在战壕里趴了多久，只知道我的全身已经湿透，脚也开始不听使唤地不停地抽搐，隐隐作痛。我总想爬起来看看外面是什么情况，但是妈妈不让我这么做。

我们能听到士兵们的谈话，但是并不知道他们在说什么，也不知道到底发生了什么。最后，我们终于听到有脚步声向我们走来，我抬头看到两个士兵站在战壕上面，一个是外国士兵，另一个穿着阿富汗军队制服。影子也在那儿，大口地喘着气，看起来非常高兴。这两个士兵帮助我们爬出了战壕。影子围着我和妈妈跳上跳下，就像是一个月没见我们一样，冲我们打着招呼。

"现在没事了。"阿富汗士兵告诉我们，"炸弹已经被安全拆除了。"他首先用普什图语跟我们说话，但是接着立刻又用达里语重复了一遍。

他似乎很快就意识到我们是哈扎拉人，我们用达里语交流。

那个外国士兵握了握妈妈的手，接着又握了握我的手。他一直在兴奋地跟我们说话，阿富汗士兵忙着把他的话翻译给我们听。"这是来自英国军队的中士布罗迪。他说你们非常勇敢。你们今天可能拯救了很多生命，他想要感谢你们。他还想跟你们聊一些其他事情。当他第一次看到这只狗的时候，他都不敢相信自己的眼睛。我们所有的人也不敢相信。因为他立刻就认出它就是波利。我们也认出了它。世界上不会再有像波利这样的狗。他告诉我们，波利每发现一颗炸弹，总是会像这样非常兴奋。因为它知道它又一次出色地完成了它的工作，这让它非常高兴。但是布罗迪中士想知道，它为什么跟你这么熟悉？"

"它当然跟我们很熟，"我告诉他们，"它是我们的狗，怎么啦？"

他们不解地面面相觑，似乎没有明白我在说什么。

"你的狗？"那个英国士兵又一次通过阿富汗士兵问我，"我不太明白。我是说，你养了它多久？你是在哪儿找到它的？"

"在巴米扬，"我说道，"几个月前，也可能是一年前，它来到了我们家。"

"巴米扬？"阿富汗士兵很震惊，所有在场的人也都很震惊。"布罗迪中士说这不可能，"阿富汗士兵继续翻译道，"巴米扬在东北部，离这儿几百英里[1]远。这完全不可能。"

阿富汗士兵正在解释的时候，那个英国士兵突然紧张地四处张望起来。"布罗迪中士说，我们不能站在这里聊天了。塔利班可能正在监视我们，到处都有他们的眼线。他们以前就在这条路上伏击过我们。但布罗迪中士想多了解一些关于你和波利，也就是这只狗的事情。我们可以到村里去，那里会更安全。"

因此，布罗迪中士牵着我的手，士兵们走在我们身后，影子也和往常一样，跑在我们前面，为我们带路。我们走回村庄的时候，村庄里的孩子们簇拥着我们。

---

1. 英里：英美制长度单位，1 英里 ≈ 1.61 千米。——编者注

了不起的英雄

阿曼

　　就这样，几分钟后，我们来到了村里的一所房子里。我和母亲换上了村民们找来的干衣服，然后坐下来喝热茶。整个屋子里挤满了人，有村民、士兵，还有布罗迪中士和那个阿富汗士兵，所有人都在听着我讲述事情的来龙去脉。我告诉他们，一年前，影子溜进了我们的山洞。那时，它的腿受伤了，饥肠辘辘，后来它的病情逐渐好转。现在，我们正在一起赶往英国的路上，我们想去投奔住在曼彻斯特的米尔舅舅，他曾经和大卫·贝克汉姆握过手。

　　士兵们都笑了。他们中有一两个人也是支持曼联的，大卫·贝克汉姆也是他们心目中的英雄。所以我知道他们都是朋友。

　　在此期间，影子一直躺在我的身边，头靠在我的脚上，打量着房间里的每一个人。

　　当我说完后，布罗迪中士是第一个开口的人。他再次通过阿富汗士兵和我们讲话。"中士想和你讲讲这只狗。"阿富汗士兵操着有口音的达里语，我不是很习惯，但我和妈妈还是能完全理解他的意思，"中士说他很难相信影子的故事，但这无疑是真实发生过的。他问了问一年前一直在这儿的士兵，他们都认为不可思议。毫无疑问，我们都认识这只狗，它的名字叫波利。它是一只训练有素、专门用来寻找炸弹的军犬，军队把路边的炸弹称作IED，也就是简易爆炸装置，波利用鼻子识别出的炸弹比军队里任何一只狗都要多——总共是七十五颗。如果算上今天这颗，就应该是第七十六颗了。中士接着解释，波利大概在十四个月前突然失踪了。事情发生的时候中士正好在场，我也在场。"

"那天我们正在巡逻，就像今天一样。布罗迪中士也在，他是波利的训练师。当他们还在英国的时候，波利就住在中士家里，和中士的家人住在一起。到了基地，也是中士训练它，照顾它，和它住在一起。中士说，波利是他见过的最优秀的嗅探犬，所有人都这么认为。总之，我们当时在巡逻，布罗迪中士和波利走在我们前面，像往常一样搜寻路边的炸弹。当我们看到波利发现了什么东西的时候，我们都停了下来。而就是在那时，塔利班伏击了我们。

"接下来的交火大概持续了一小时。结束之后，我们发现班福德下士受伤了，波利也失踪了。我们怎么也找不到它，它就这样消失了。我们一直喊着它的名字。但是我们不能到处找它，因为那样太危险了。

"我们召来了直升机，要带着班福德下士离开，尽快赶往医院。但让人伤心的是，我们还是没来得及，他在半路上就离开了我们。等到第二天我们再回去找波利时，还是没有找到它。我们还叮嘱之后所有出去巡逻的士兵要多加留意波利的行踪，但是从此之后再也没有人见过它。所以我们想，它很可能是被不幸地杀害了。一天之内，我们失去了两位士兵。它对我们来说就是我们其中的一分子。"

阿富汗士兵停了一会儿，等待中士再次开口。

过了一会儿，阿富汗士兵继续说道："中士说，只要有机会，塔利班是不可能放过我们的嗅探犬的，他们很清楚嗅探犬对我们来说多么重要，他们也知道嗅探犬能拯救多少士兵的生命。所以我们所有人都认为波利遇害了。我们在基地的后面为它竖起了一块小小的纪念碑。没想到的是，十四个月后的今天，我们来到这里巡逻。你向我们挥手示意，波利像上次一样嗅出了炸弹，这真是不可思议。如果我没猜错的话，它应该是独自向北走了几百英里，在巴米扬遇到了你，然后又走了几百英里回到这里。我知道这听起来有点不可思议，但我想它知道自己要去哪里。它得找个人来照顾自己，那就是你，然后它知道它必须回到属于它的地方。它一定知道回家的路，就像燕子一样。"

中士说影子知道回家的路，我相信他是对的。自从我们离开巴米扬，影子似乎一直都非常清楚我们要去往哪里。事实上，是我和妈妈一直跟着它，而不是它跟着我们。其他的一些事情现在似乎也说得通了：影子总是跑在我们前面，鼻子贴着地面，一路嗅着。这正是它所接受的训练，就像卡车司机告诉我们的那样，它是一只陆军嗅探犬。

"相信我，"阿富汗士兵继续说，"中士说，如果基地的士兵们知道了这个故事，他们一定会把你看成我们所有人的英雄。毕竟，是你警示我们路边有炸弹，也是你救了波利，照顾它，并将它带回我们身边。他们会'高兴得飘到月亮上去'——用英国人的话说。中士在英国的女儿也会非常高兴，因为她非常喜爱波利。他们全家都很喜欢，尤其是中士。所以，你将会成为一个大英雄。"

银色的星星

阿曼

我们再次出发准备回基地的时候，布罗迪中士看到我走路一瘸一拐的，妈妈通过阿富汗士兵告诉他，我的脚被磨出了很多水泡。所以一路上，布罗迪中士都背着我。自从我父亲离开我们之后，再没有人这样背过我。这让我感到非常温暖。

而且，中士说得没错。在基地，他们确实对我，对我们三个，尤其是对影子的出现，感到非常惊讶。不过这也没造成什么麻烦。我们睡在温暖的床上，想吃什么就吃什么，想洗澡就洗澡。那里还有个医生帮我看了脚上的水泡。她说伤口感染了，我得在基地待上一段时间，直到伤口愈合，才能继续走路。他们甚至让妈妈给英国的米尔舅舅打了电话。

所以妈妈、影子和我，一同待在基地。我们大概待了一周。他们给我们安排了一个属于我们自己的小房间，妈妈睡了很久。当我的脚好一点的时候，我就和士兵们一起踢足球。

也是在那个时候，我第一次学会玩大富翁游戏，这个游戏是布罗迪中士教我的。我还学会了说第一个英文单词，他也学会了一些达里语。布罗迪中士在不忙的时候，或者没有出去巡逻的时候，会陪着我和影子待在一起，消磨时间。就像其他士兵一样，他一直想给影子和我照合影，然后通过手机发给他的家人。

有一次，他通过移动电话让我跟他的妻子和女儿进行视频通话，她们在英国向我招手，并且喊着"谢谢你"，感谢我救了波利。我本来应该感到高兴的，但是我没有。有一些事情困扰着我，而且我知道，这也困扰着影子。

我知道，只要我的脚痊愈，我们就必须离开，而且影子看起来好像也明白这一点。日子一天天过去，影子越来越想和我们待在一起。但是我知道它也很喜欢和士兵们待在一起，尤其是布罗迪中士。布罗迪中士甚至还一直保留着影子最喜欢玩的球来纪念它。士兵们会用力把球扔出去，影子会穿过院子追着球，再把球叼回来，但是如果它不得到食物作为奖赏和回报的话，它会一直叼着球不松口。

但它从来不会和他们玩太长时间，它总是会跑回来蹲坐在我旁边。我知道它会看着我，我们都知道彼此在想什么。它是波利，还是影子？我和妈妈离开的时候，它会跟我们一起走吗？

我知道答案。它也知道。我想我们一直都希望自己错了。我能感觉到，它正在回归军队，它又变回了一只军犬，变回了布罗迪中士的军犬。它在变回波利，而不是影子。它还是睡在我们的房间，常常躺在我旁边，把它的头放在我的脚上。我仍旧希望它能和我们一起走，但是我内心深处已经知道，这是不可能的。它将会和士兵们一起留在基地，重新回到它的主人——布罗迪中士身边。

影子也知道，它和我一样感到很伤心。妈妈也很伤心，她后来告诉我，她从来没有想到她能这样喜欢一只狗。

我想所有的士兵都看得出我很难过。每当士兵们结束巡逻，带着他们的步枪和头盔回到基地时，尽管他们已经筋疲力尽了，但他们总是会对我报以微笑。他们现在都知道了我们的故事：为什么我们要去英国，我们要逃离什么样的处境，关卡的警察是怎样对待我和妈妈的，他们也都知道外婆是怎么离开我们的。

在我们离开的前一晚，布罗迪中士带着阿富汗士兵来看我们。他告诉我们士兵们筹了一些钱，希望能帮到我们。他说这叫"募捐"。我想，从他脸上悲伤的表情中，我知道接下来他要说什么。布罗迪中士这番话是通过阿富汗士兵说的，他几乎不敢看我。

"关于波利的事，阿曼，我很抱歉，但是它必须留在这儿。它是一只军犬。我是说，可能到英国之后，你能再来看它，怎么样？"我明白，他只是想减轻对我的打击。但是没有影子，谁知道我们能不能到达英国呢？

布罗迪中士出去之后，我哭了，完全控制不住自己。妈妈说这是最好的安排，从现在开始，我们依靠自己也能过得很好，因为安拉会保佑我们的。她说，这次我们要保管好我们的钱财。所以，头一天晚上，我坐在床上，花了很长时间把我们的鞋跟掏空，因为我们觉得这是藏钱的最佳位置。影子就一直趴在我旁边看着我，它知道这将会是我们在一起的最后几小时。

我不敢看它。

第二天我们离开的时候，士兵们目送着我们离开，影子也是。布罗迪中士欢呼了三声，结束之后，他上前和我们道别。接着，他把一个东西塞到我手里，阿富汗士兵像往常一样帮助他解释："这是我们的团徽，阿曼。"他告诉我，"中士说这是你应得的。他说他希望你平安地到达英国。你们到达英国之后，如果需要任何帮助，就告诉他，他会帮助你们。如果你想要看看波利，就跟他说。你可以通过兵团同他取得联系。他感谢你，感谢你把波利带回他身边，他还感谢你救了士兵们的性命，他永远不会忘记你为我们、为大家、为整个兵团所做的一切。"

我蹲下身，跟影子做最后的告别。我摸了摸它的头，揉了揉它的耳朵，但是我说不出话，我知道我一

开口说话，眼泪就会掉下来。我不想这样，我不想在士兵们面前流泪。

当他们开车送我们离开基地的时候，我希望影子能跳上来，和我们一起走。但是我知道它不会这样做，也不能这样做。

那是我最后一次看见它。

他们把我们带到了最近的一个小镇上，并且送我们坐上了开往边境的大巴车。我紧紧地握着我的徽章，第一次低头打量着它。它是银制的，像一颗星星，上面有一个带着围墙的城堡，下面还有一行我当时看不懂的字。（上面写着：皇家盎格鲁团。我现在还留着这枚徽章，到哪儿都带着它。）

我们重新踏上了前往英国的路，去曼彻斯特寻找米尔舅舅。坐在大巴车上，我努力去想大卫·贝克汉姆，我以为这样就可以不再伤心，但是没有用。我只好低头看着我的"星星"，紧紧地握着它，这让我感

觉好多了。从那以后，只要看到这颗银色的"星星"，
我的心情总能变好一些。

整个故事，我需要整个故事

外 公

在阿曼对我讲这个故事的时候，他一直没有抬头看我。我想，也许他需要毫无干扰地重温他所有的记忆，才能把整个故事讲清楚。他讲话的声音很轻，很多时候几乎像是在自言自语。他的声音几乎就是耳语，所以有时我需要往前靠，才能听清他在说什么。但是自始至终，他的声音一直很平稳，只有讲到最后——他不得不离开影子的时候，我能感觉到他在强忍着泪水。

他突然站起来，冲出会客室。我知道他一定是

不想让我看到他的眼泪。我也知道他可能会回来，但
是他的自尊可能让他再也不敢面对我。但我还是在
那里等着，我也不知道为什么，我总觉得还有一线
希望——他会回来。毕竟他之前就回来过一次，不
是吗？

我一个人坐在桌边，真希望马特也在这儿。如果
马特在，至少阿曼就不会像这样跑开。他们是朋友，
是最好的朋友。马特总有办法说服阿曼。

阿曼的故事在我脑海中挥之不去。直到那时，我
才第一次开始认真思考，我是否可以做些什么来真正
地帮助阿曼和他的母亲——我的意思是，不仅仅是看
望他们。

我在那里坐的时间越长，就越止不住想着他们在
巴米扬贫苦的生活，他们经历的苦难，他们离开阿富
汗去往英国的决心，我也就越来越不愿意他们被像犯
人一样关在这个地方。这里存在严重的不公正性。阿

曼的故事唤醒了我作为记者的本能。我想了解更多。

我想了解所有的事情。

几分钟后，阿曼回来了，他的母亲也跟着一起来了。这是我完全没有料想到的。我本来还有很多事情需要了解。我本希望阿曼回来之后能够继续讲他的故事。但是我清楚，如果阿曼的母亲在场，阿曼会更加害羞、更加保守，所以我不能指望他能像之前那样畅所欲言。我看得出他母亲哭过，而且现在还是很紧张。她不自然地前后摇晃着，手中紧紧攥着一块手帕。

他母亲最后还是开口讲话了，但只是对着阿曼，用他们的语言讲话。她讲完之后，阿曼为她翻译："妈妈说，她来是想告诉你，我们不能回到阿富汗，因为警察会再次折磨她。她说塔利班并没有被打败，他们在警察部门可以说是无处不在。他们会杀了她，就像他们杀了父亲那样。她说我们已经在英国生活了六年，这里是我们的家。她说我们的律师已经不能帮助我们了，政府甚至不让我们上诉。她曾向安拉祈祷，希望您能帮助我们。她的梦告诉她您会帮助我们，所以她来请求您，恳求您让她的梦成真。"

我不知道该说什么。我只知道我必须说些什么，说些鼓舞人心的话，但又不能做出那些我无法履行的承诺。

"请告诉她我会尽我最大的努力，我一定会的。但是她必须知道，你也必须知道，我不是律师。我不确定我能做什么，也不知道别人能做什么。但是如果我要帮助你们的话，我需要知道整个故事——你得告诉我，自从你离开影子，坐上大巴车的那天到今天发生的所有事情，从那时到现在的所有故事。比如，你们是怎么到英国的？你们过得怎么样？他们带你们到这里的时候到底发生了什么？我知道的越多越好。我必须知道事情的原委。"

阿曼和他母亲谈了一会儿，解释了我的话。她现在冷静了一些。接着阿曼转向我，深深吸了一口气，又开始讲他们的故事了。尽管他不太情愿，好像那些剩下的故事是他不想回忆的事情，好像他害怕再次经历这一切。

真主至善

阿曼

好吧，如果你觉得这些故事有用，那我就继续说。大巴车，我们那时坐上了大巴车。那车很舒服，是我坐过最舒服的车。我想念影子，我肯定会想它；可除此之外我还很开心。我当时以为这辆车就能把我们直接送到英国去。要知道，我那时才八岁。我完全不知道英国在哪儿，离我们多远，到那儿要多久。

我想，如果我那时就知道这个即将到来的旅程如此漫长而恐怖的话，那我一开始肯定不会上那辆大巴车。所以结果就是，乘坐那辆大巴车成了这么久以来最后一次能让我们觉得舒适和愉快的一段旅程。

等我们快到伊朗边境的时候，妈妈开始担心起来，我能看出她的担心。她跟我说，我们要玩一个游戏：如果有士兵上车来检查，我们就假装睡着。于是，我们就这么做了。我听到他们的车朝我们的大巴驶来，但只是经过，没有停下来。等我们的车重新上路的时候，我才敢睁开眼睛。我们顺利地过了边境。

"瞧，阿曼，"妈妈轻声对我说，"真主至善，他眷顾着我们。"

妈妈接着告诉我，她在军营的时候已经给米尔舅舅让我们联系的人打过电话了，他就在下一站的大城市——德黑兰。我们到的时候，他会在那儿等着，然后为我们安排好一切。所以我们不需要再担心了。我觉得我肯定一路上都在睡觉，因为路上发生的事我居然都记不起来了，只觉得路途遥远。

正如妈妈说的那样，米尔舅舅的朋友在德黑兰接到了我们。他带着我们穿过街道，提醒我们不要和任何人说话，别盯着别人的眼睛看，特别是警察。他跟我们说，如果我们被抓了，就会被关进监狱，或者被送回阿富汗，于是我们都照他说的做了。他首先带我们去见了一个男人，那个男人收了妈妈一些钱。之后是另一个男人，米尔舅舅的朋友管他叫中间人，他从妈妈身上拿走了更多的钱。

我不喜欢这些人，也不信任他们，他们对我和妈妈的态度很恶劣，就好像我们是一堆狗屎一样。没有影子给我们开路，我觉得我迷失在了一个陌生且充满敌意的世界里。好在我还有银星徽章，我一直把它放在口袋里。我不敢拿出来，怕被别人瞧见。每当我感到害怕的时候，我都会紧紧地攥着它，我总是感到害怕，尤其是每天晚上入睡前，它就是我的幸运物，我的护身符。

米尔舅舅的朋友一直对我们说，一切都会好起来的，从现在起一直到英国，我们都会受到照顾。交通工具、食物，所有的一切都会有人帮我们安排好。他总说不会有问题的，完全没有任何问题。

我们相信他，信任他。我们只能信任他，因为没有其他选择，不然还能怎么办呢？但结果这一切只是噩梦的开始。他们把我和妈妈带到了一个地窖里，让我们待在里面，等所有事情都安排好。我们在那儿一连待了好几天，他们给我们留了一些食物和水，我们不能出去，除非上厕所。妈妈说，这就像回到了阿富汗的监狱里一样。

后来，有一天夜里，他们回来把我们带出了地窖，来到了一条漆黑的小巷，然后把我们推上了一辆皮卡车的后厢里。我记得从后厢里往外看，只能看到市区里耀眼的灯光。有一次，我们在等红绿灯时，我对妈妈说我们应该爬出去，然后逃跑。可是车很快就启动了，逃跑的机会也没有了。

之后我们再也没有逃跑的机会了。

在市区边的某个地方，皮卡车停了下来。有人正在等着我们，他们把我们叫下车，让我们爬进一个很大的货柜车里。货柜看起来很空，但这并不是我们要待的地方，货柜尽头有个金属柜，柜门大开着。他们把我和妈妈推了进去，给我们丢了两条毯子，叫我们不要出声，然后就离开了。柜子里一片漆黑，还非常冷。我和妈妈蜷缩着坐在角落，她安慰我说会好起来的，因为米尔舅舅知道他在做什么，这些也都是善良的人，他们在帮助我们，所有的一切都会好的，这是真主安拉的旨意。

几小时后，我们听到外面有动静，之后货柜车开始发动并向前开了，我开始相信妈妈说的是对的，我相信她说的所有的事情都是对的，最糟糕的事情已经过去了。我一直对自己说，我们很快就能到英国见到米尔舅舅了，到时候我们就有暖和的地方睡觉，还有自来水和电视，我还能去看曼联的比赛，去看贝克汉姆，我还有可能跟他见上一面呢。

但让我坚持下来的不只是这些想法，还有我的银星徽章，以及我与影子的回忆：它总是跑在我们前面，朝着我们摇尾巴让我们跟上，然后时不时停下来回头看我们是否跟上；它的眼神好像在告诉我们，只管像它一样地往前走就行。不管有多饿、多冷、多么害怕，只要想起影子，只要脑海里浮现出它的画面，我就能感觉好受一些，但这也只能让我好受一小会儿，不能长久。

等货柜车再次停下时，我还在半睡半醒中。我们在货柜里听到外面传来脚步声，这声音就在柜子外面。"警察，"妈妈轻声说道，"是警察，他们找过来了。求你了，真主，别让他们找到我们，求你了，真主。"妈妈用双臂抱着我，把我紧紧地抱在怀里，一遍遍地亲着我，就好像是最后一次亲我一样。

红色的小火车

阿曼

货柜的门开了，日光很刺眼，我们一开始还看不清是谁。不是警察。是中间人和他的同伙，就是那群把我们关进来的人。他们说，如果我们愿意的话，可以出来活动活动筋骨。我们要在这里等另一些人加入。

我们所在的地方有点像装卸区，周围全是货柜车，没几个人。我们那时本该趁机逃跑的，只是中间人有个同伙好像一直看着我们，所以我们不敢轻举妄动。

几分钟之后，我们什么也做不了了。

　　其他逃难的人也到了，于是我们重新被赶回之前的货柜里。他们又给了我们几条毯子、一些水果，还有一两瓶水。他们又砰的一声把我们关了起来，中间人对我们喊道："不管发生什么事，一定不能出声，不然就要被抓到监狱里去。"然后，我听见他们在我们的货柜周围装满了货。

　　过了一会儿，等我的眼睛再次习惯了黑暗时，我终于可以看清其他人了。

　　货柜车开动后，我们坐了好一会儿，大家都没有说话，只是互相对望着。我数了数，这里一共十二个人，大部分来自伊朗，有一家人——爸爸妈妈带着一个小男孩——是巴基斯坦的，还有一家人来自阿富汗的喀布尔，是一对老夫妻，他们就坐在我们旁边。

　　来自巴基斯坦的小男孩叫艾哈迈德，是他让大家聊了起来。他走到我跟前，给我看他的玩具火车——因为我们俩是这儿唯一的两个小孩，而且我觉得他应该知道我是信得过的——我记得那是一辆塑料火车，亮闪闪的红色，艾哈迈德很是以此为傲。

他跪在地上，给我展示玩具火车怎样在地上跑动，还跟大家说他爷爷在巴基斯坦的火车上做事。我也偷偷地给他看了布罗迪中士给我的银星徽章。艾哈迈德很喜欢它，老盯着它看，问了很多关于徽章的问题，他什么事都问。他说他喜欢我，我的名字念起来跟他的名字很像。不久后我们就开始掏心窝子地聊天，把自己的故事全部讲给对方听。一开始的时候，我和艾哈迈德总是一起笑，一起玩，大家都被逗乐了。但好景不长，欢声笑语的好日子随着食物和水的耗尽一并消失了。

我不知道货柜车把我们带到了哪里，也不知道我们在货柜里被关了多少个日夜。他们不放我们出去，一次都没有，连上厕所也不行，什么事都不行。但我们不敢大叫，他们也没再给我们送过水和食物。夜里，我们冻得僵硬，白天则热到窒息。

每当醒来的时候，我只想快点再睡过去，所以我也记不起发生了什么，甚至记不起我当时是怎么度过那些没有食物和水的每分每秒的，醒来才是最糟糕的事情。每当大家开始说话，常常是猜我们到了哪里，我们是不是还在伊朗，还是在土耳其，或者已经到意大利了。但我一点也听不懂，因为我不知道那些地方在哪儿。

他们很多人和我们一样，都说自己想要去英国，包括艾哈迈德和他父母，也有一些人想去德国和瑞典。有几个人已经试过一次了，比如那对喀布尔来的老夫妇，他们说想去英国和儿子一起住，可是就算已经被逮捕并被遣返两次了，老夫妇还是说他们永远也不会放弃。

但最后大家都不说自己的故事了，也没有继续说话，只传来一阵阵呻吟和哭泣。我们全都在祈祷。对我来说，这次货柜车里的旅途就像穿越一条悠长而深邃的隧道，隧道尽头没有光。同时，里面的空气也不够用了，这是最糟的。大家在咳嗽，喘不上气。艾哈迈德也生病了，但他一直紧握着他的红色小火车。

让我永远也忘不了的是车里的味道。

在那之后，我肯定也失去了意识，因为我什么也想不起来了。等我再次醒过来——应该是几天后，我也不清楚——货柜车停了。可能是哭喊声把我吵醒了，因为我只听得到哭喊声。妈妈和其他人都站在货柜里，捶打着货柜的板子，叫喊着要出去。

等到他们进来把我拖出去的时候，我已经不省人事了。

但我比艾哈迈德要幸运。

等他爸爸把他抱到外面的时候，我们可以肯定他已经死了。他的妈妈在悲恸地哀号，这种发自内心深处痛苦的哭喊真是让人绝望，我知道，这种哭喊对她来说永远止不住。我从未听到过如此吓人的声音，我希望将来也不会再听到。

同一天晚些的时候，等艾哈迈德的父母把他安葬好之后，他的妈妈把他的玩具火车交给我照顾。因为她说我就像艾哈迈德的哥哥一样。

等我到了曼彻斯特的家时，我还一直带着艾哈迈德的红色小火车。警察来带走我和妈妈的时候不让我带上它一起。我那时忘记了，想要回去拿，警察不让，他们说来不及了。现在那辆火车还在我卧室的窗台上。

我常梦到艾哈迈德，而且梦总是一样的：他和影子还有布罗迪中士一起，在一座城堡的城墙外玩耍。天已经黑了，天空就像一面涂满了星星的天花板。艾哈迈德仍然和影子在玩扔球接球的游戏。

真怪，怎么在梦里，未曾谋面的人能够聚在一起去他们从未去过的地方呢？

手足同心

阿曼

妈妈跟我说，等下了货柜车，我们就到土耳其了。老实说，我并不在意我们到了哪儿。在那之后，所有的事情都变得模糊了。我只记得我病了，而且有很多事是我并不想记起的。后来我们又乘过几次大货车，有一次是坐船，而大家都晕船。但不管怎样，总算没有比货柜那次更糟糕了，那个货柜简直就像个黑洞。之后我们又坐过几次小皮卡车，甚至还有一次是骑着马翻山越岭——但我不知道那是什么山。我们还在牧羊人的小屋里待过，因为外面雪下得很大，所以我们在那儿被困了好几天。不过下雪天对我没什么影响，因为巴米扬经常下雪。当大雪铺满地之后，天上的星星就会闪得更亮，天似乎也离得更近了。

我们甚至还步行过，晚上的时候，为了躲避边境巡逻队。有一次我听到了枪声，带路的人却解释说，这只是想把人们从边境上吓跑而已。我们一直在赶路，也不知怎么就顺利穿过了边境。妈妈总是知道我们为什么那么顺利，她说这是真主在眷顾我们。

接下来又是一次乘坐长途货车的旅程，但这次他们给了我们一些食物和水，我们也能够呼吸到空气。所以事情还不算坏，可能我们已经习惯了更坏吧。到那时为止，我们彼此之间已经互相了解了不少，同病相怜的感觉让大家走得更近，也更加勇敢。

喀布尔来的老夫妇虽然话不多，但是总能让大家打起精神，他们总是日复一日地鼓励大家说马上就能到英国了，用不了多久了。这是我们的希望，所以大家宁愿选择去相信。这对老夫妇很喜欢我，他们说，我让他们想起了自己儿子小时候的样子。事实上，大家都很照顾我，总是让我吃饱喝足。我常常在想，他们为什么对我这么好呢？也许是他们不想看到另一个小孩再死去吧。

在某种程度上，那次旅途中，我成了每个人的儿子。

我知道那次旅途中最危险的应该是最后一段——穿越英吉利海峡，因为所有的人都在担心，总在讨论这件事。有人跟我说，要穿过去的唯一办法就是躲在货车里，然后祈祷自己别被逮到。但还是有很多人被抓了。

妈妈也很害怕被抓起来。也就是这个时候，她第一次得了恐慌症。她的恐慌症在某种程度上算是救了我们俩。喀布尔的老夫妇总是帮忙照顾妈妈并安抚她。我觉得，也许就是因为这事，他们决定来帮助我们，当然，还有可能是因为我让他们想起了自己的儿子。

老夫妇之前也提到过几次，跟我们说他们决定要帮我们。但他们不能去帮助每个人，尽管他们很想去帮，但他们能力有限，做不到。法国海岸的周围全是警察，他们说那里有几百人在等着，想找法子穿越海峡去英国。那儿也有很多中间人，愿意把大货车后面的位置卖给我们，不过那都是骗人的，他们只想要我们的钱。

也是，经历了这么多之后，我们也只能相信他们真是骗子，难道不是吗？老夫妇说，也许真的有中间人能够把你们弄到一辆货车上，但是警察和移民局的人天天查得很严，他们会检查所有货车，一辆接一辆地查。能过去的话就算幸运了。

老夫妇俩已经试过两回了，都是这么被抓的。他们说出了一个计划，这个计划也许能成，也许不能，但他们肯定，这比把运气赌在货车后厢要强。妈妈问他们需要多少钱时，老夫妇回答说不用钱。大家都是阿富汗人，不是吗？大伙情同一家，手足同心。

所以，我接下来就跟你说，我们是怎么进到英国来的，好吗？我们和许多像我们一样的难民在法国海岸边滞留了很长一段时间。那个地方有点像个营地——就在靠近法国海边的一个地方。营地不算很糟糕，我们有吃有住。那是一幢很大的房子，里面有许多帐篷，我们就住在帐篷里。

我、妈妈，还有喀布尔的老夫妇一起住在一个帐篷里。最棒的是，那里还有好几十个小孩，所以我们可以一起踢球。有时我们会选择球队——你懂的，曼联对巴塞罗那。我想你可以猜猜我选的是哪支球队。

老夫妇还有一部手机，所以妈妈还用它打了几次电话给曼彻斯特的米尔舅舅，我也跟舅舅通过一次话。舅舅告诉我说，曼联队昨天刚打赢一场，二比零大败利物浦，而且贝克汉姆依然还是场上的最佳球员。他还说，他很想带我去看曼联队踢球，他希望我和妈妈能同他和米娜舅妈住在一起。

我记得逃出营地的那个晚上，妈妈很害怕，而我只觉得兴奋。我们四个人一起——喀布尔的老夫妇加上我和妈妈。而且，那个晚上逃出来的不止我们四个。我们钻出围栏下面的洞口，跑进漆黑一片的荒郊野岭。那晚之后，我们就一直在走。我记得依稀听到有狗在叫，我知道这说出来有点蠢，但有一瞬间我还是在想，是不是影子这一路都在跟着我们，用它嗅探犬的鼻子跟踪着我们。

我们沿着一条小路，最后走到了一条公路上。我们沿着公路走了一会儿，一直走到了一个岔路口。几分钟后，有一辆汽车拖着一辆露营车过来了。司机就是老夫妇的儿子，他们告诉我小时候长得像我的那个。事情进展得很快。他们的儿子帮我们四个爬上露营车，让我们躲到床下面，四个人挤在一起。接下来门关上了，我们听到了锁门声。老人说："运气好的话，几小时后我们就到英国了，可能更快。我们谁都不能说话，一声也不能吭。"

我们谁也没有说话，也没人发现我们。于是我们就这样到了英国，靠躲在露营车里偷渡过来的。米尔舅舅和米娜舅妈在某个边防站等着我们——我觉得所有事情妈妈应该都在电话里安排好了。我们向老夫妇道了别，米尔舅舅开着他的出租车带着我们回他在曼彻斯特的家。他和电话里一样健谈。他见到我们后很开心，所以一路上一直说个不停。

第二天，米尔舅舅就带我们去了曼彻斯特的警察局申请庇护，注册成寻找庇护所的难民，他说越早注册越好。妈妈和我都很开心，我们觉得事情已经告一段落了，我们已经成功到达英国，现在我们已经安全了。

但我们根本不安全。

我们现在属于这里

阿曼

那些事过了差不多六年，这六年来我们过得不错。米尔舅舅如他说的那样，一直在照顾我们。我不知道如果没有他，我和妈妈会怎么样。

可是他现在在医院做手术，所以不能来这儿看我们。舅舅说，等他好点了他就来——如果我们还在这儿的话。他每天都会给我们打电话。我们之前一直住在一间小公寓里，公寓就在米尔舅舅和米娜舅妈的楼上，旁边就是舅舅的出租车办公室。他有时让我去帮忙，和米娜舅妈一起接电话。去帮忙接电话很有意思，我很喜欢。

我也很喜欢这个国家。唉，至少四周零六天前我还是喜欢的，现在警察把我们关在了这里。在曼彻斯特的家里，我们需要的东西基本上都有，我们有吃的，有自来水，还有热水。另外，还有一点和巴米扬山洞里的情况不一样，那就是米尔舅舅每周都会带我去一次清真寺，一个月带我去看一次曼联比赛。你可不能多去——因为太贵了。

米尔舅舅待我像亲儿子一样。我们一起玩大富翁、拼字游戏，下国际象棋——随便你说个名字，我们都玩过。舅舅喜欢这些棋类游戏。玩大富翁游戏时我总能赢他，就像我刚刚赢了你一样。但是，玩拼字游戏时，他总能打败我，不过迟早有一天我会赢的。我还见到了贝克汉姆，我虽然没有和他握过手，不过就差一点了，我还拿到了他的亲笔签名。

当然，有开心事，就会有不开心的事，尤其是刚上学那会儿。小学里有些小孩开始总欺负我，因为我不会说英语，刚开始的时候是一点也不会。虽然这件事有点难，但我很快就学会了。然后，突然就冒出了一个爱说大话的同学——丹·斯玛特——他总在操场找我麻烦。他一直推我，叫我滚回自己的国家。好在马特很快把他解决了，把他打趴了，说他是笨蛋、白痴——还有些别的骂人的词，不过我最好还是别说了。从那以后，丹再也没来烦过我。从那时起马特和我就成了好朋友。学校生活因此也过得很开心，没有麻烦，也不会再有麻烦了。

　　但妈妈就没这么容易适应了，她比我更加挂念巴米扬。我觉得她应该是挂念她的朋友吧。每当她想起父亲、外婆和其他一些发生过的事时还总是会哭。她会去街道尽头一个朋友开的慈善商店里搭把手，帮他们踩踩缝纫机，修修补补。妈妈会用缝纫机，而且很在行。她还教达里语，给本地的一些孩子上课——

但从不收钱，难民是不允许挣钱的。就算这样，妈妈
的恐慌症还是会发作，于是医生让她服了些药，不过

吃了药后就会犯困，所以妈妈就不想继续吃了。她让
我在学校用功念书，因为她想我长大之后能找份好工

作，不再受穷。

我现在在贝尔蒙特中学读书，除了家政学，每一门课我都喜欢。明年这时候我就能领到中学毕业证了，我今年就在学数学，提前了一年，因为我的数学很好。我的数学老师贝尔说我如果努力的话，不久就能考上大学了。不管怎么说，这正是我的打算。妈妈也希望我能上大学，这样我就能成为一名工程师，刚好我也想要成为工程师。我想要修筑桥梁，我喜欢桥。我的英文不太好，说得还行，但不擅长写。

但我还是得说，我足球踢得最好。我给你看过一张照片不是吗？就是我的球队寄给我那张，还记得吗？我们去年和前年都拿了联盟赛冠军，我们是最强的！这不只是我一个人说而已，我们真的很强！

但是，即使一直住在英国，我们依然还在担心一件事：我们能不能留在这儿？英国政府会不会继续授予我们庇护权？这些疑问一直如乌云般笼罩着我们。

我已经习惯了，可妈妈总是止不住去想。米尔舅舅一直跟她说一切都会好起来的，律师说我们已经把该做的都做了，胜算很大，所以应该去好好生活，而不是因此担惊受怕。可说起来容易做起来难，六年以来，政府部门杳无音信。

直到有一天我们收到了一封信，信上要求我们回到阿富汗去，大概意思就是这样。所以我们试着去申诉，说我们在阿富汗的时候是怎样的，警察又是如何对待我们，塔利班分子遍布四周，父亲因为帮助美国人而惨遭杀害，外婆也遭塔利班毒手。此外，我们又重述了一遍母亲是如何被塔利班分子关押和折磨的。

我们把这些该说的都说了，但没有用。政府给出各种理由，说阿富汗今非昔比，目前还是很安全的，那里的警察也不像以前那样了。可是我们在阿富汗有朋友，他们说塔利班的势力依旧很强大，警察也跟以前一样坏。难道英国政府不知道阿富汗现在正在打仗吗？

可他们就是不听，只想找理由赶我们走——我们就是这样觉得的。我们说自己是在正当地寻找庇护，现在这儿就是我们的家，是我们落叶归根之处。但他们根本不想听，就像我提到的那样，他们不允许我们申诉。

妈妈因为这些事压力很大，有时睡不着觉，吃不下饭，还时不时地犯恐慌症。我只能试着不去想这些事，完全不把它们放在心上，就像米尔舅舅跟我们说的那样，做好我的本分，踢好我的球，过好我的生活。

但妈妈做不到，所以每当她又唠叨起这些事的时候，我就不怎么理会她。妈妈确实在几个月前就提醒我说，警察迟早会找上门来。我只想着他们肯定不会来得那么快，或者还可能就是他们已经把我们忘了，什么事也不会发生。而事实只是我不愿意去相信这件事。

　　后来，有一个早晨——我还在床上睡觉的时候——我被一阵巨大的敲门声吵醒，敲门声一直在继续。这声音就如同你最可怕的噩梦开始了。

不见天日

阿曼

一开始我觉得是米尔舅舅。因为前几天我们房间里的一根水管爆了，水漫出来渗进地板里，流到了他们的房间。我觉得一定又是水管爆了，于是便起床去开门。

但不是我们的门在响，也不是舅舅的门。敲门声是从楼下传来的，在大门口那儿。

所以我不得不跑下楼去开门。门口站着一群穿着制服的人，其中有几个警察，也可能是移民局的工作人员——我也不清楚——他们人很多，十个，也可能是十多个。

他们一把推开我后就冲上了楼，然后有个人抓住我的手臂，把我往楼上拖。妈妈坐在床上，我看得出她呼吸困难，恐慌症可能随时都会发作。一个警察让她穿好衣服，但妈妈根本动不了。

我问发生了什么事，他们让我闭嘴。之后，他们就对着妈妈大喊，说她只有五分钟准备时间，还说我们是非法移民，要把我们带到拘留中心，然后送回阿富汗。

这时，我的恐惧和害怕变成了气愤。我朝他们大喊，说我们已经在这儿住了六年，这儿是我们的家，我让他们滚出去。他们也发怒了。有个人把我从妈妈的房间里推出去，推进了我的卧室，命令我穿好衣服。

从那以后，他们就没再让我和妈妈单独待着了，他们一直守着我们。

甚至连我们在穿衣服的时候他们也一直守着不走——妈妈事后说，她房间里一直待着三个人，其中还有一个男的，他们几乎什么也不让我们带走——只让妈妈带上一个小背包，让我带上我的书包，就这么多。我们落下了差不多全部家当，我的电话、我所有的足球计划、书本、大卫·贝克汉姆的签名、艾哈迈德的红色火车，还有我的金鱼。

但是我把银星徽章放在了牛仔裤的口袋里，至少这样东西我没落下。警察一直催着我们，把我们带下楼，来到了街上。很多穿着睡衣的人在看着我们——米尔舅舅、马特，还有弗拉特·斯坦利。马特叫喊着，问我发生了什么事，我就跟他说我们要被警察送回阿富汗去了。

有个警察一直抓着我的手臂，推搡着我，让我把手举起来放在脑袋后面。我觉得很丢人，我又没做过什么丢人的事。这时妈妈的恐慌症发作了，但他们根本不理会，说她只是装的，她在演戏。

　　警察强行把我们推进一辆押解囚犯的车里，把我们关进不同的隔间，隔间的窗户上竖着铁栏杆，之后便开动车把我们押走了。我听见妈妈一路上都在哭，他们肯定也听得见，但这只是他们的工作。他们正自顾自地听着收音机，开怀大笑。

　　我一直在安慰妈妈，让她冷静下来，但我知道她的情况在恶化。我捶打着车门，对着前面的警察大叫。最后，他们确实停止了说笑，看了妈妈一眼，那个警察又跟我说，我妈妈只是在演戏，他让我闭嘴，否则就给我点颜色看看。

　　我没有闭嘴，我说我想要和妈妈待在一起，不然就一直闹。妈妈在那之后冷静了一点，但是直到我们到了拘留中心，她的状态还是很糟。

　　他们想把我和妈妈分开拘禁，说我年龄太大，不能和她住在一起。我就对他们说，我要和妈妈待在一起，我要照顾她，不管发生什么，我这辈子都要和她待在一起，无论什么也不能将我们分开。我和妈妈都抗议，如果他们执意要让我们分开的话，我们就会绝食。我们大闹了一场，闹出了很大的动静，所以他们最后不得不把我们关在了一起。也就是那时候，我们第一次认识到不能放弃，永远不能。

我第一次来到这儿的时候，都不敢相信自己的眼睛。我的意思是，这地方从外面看起来还挺好，像游乐场，还有点像我的学校。可是里面全是警卫和带锁的门。一切都徒有虚表，一切都是假的，只是为了让这里看起来很美好——桌上的假花、墙上好看的画、保健室、孩子游玩的地方，还有电视。但这儿是个监狱，和其他监狱也没什么区别。我不愿意相信，他们把我们关进了监狱。我们被关了起来。但是我没做错什么，妈妈也没有，这儿的所有人都没做错什么。每个人都有权利寻求庇护，住在安全的地方，不是吗？

我们只是想找个安全的地方。

关进来的头几天，妈妈一直在哭。米尔舅舅来探望我们，告诉我们他已经找了律师，他会尽一切努力把我们救出去，带我们回家。但妈妈还是在哭。我们听说米尔舅舅因为心脏病住院了——我想也许是因为发生的这一切让他犯了病——妈妈更加难受了。医生来给她打了一针，之后妈妈不哭了，只是盯着天花板看，好像失去了所有感情一样。

比起我来，这些事情让妈妈更加难受。她总想起她被抓进阿富汗监狱里的经历。我知道，那些回忆很不堪，因为妈妈总是闭口不提，只说她再也不想回阿富汗去，她宁愿了结自己。我也知道她的这些话是发自内心的。

这就是整个故事的来龙去脉——对，还有一件事。我想大概是一周前，有一天早上，警察进了我们的牢房，说要带我们去机场，送我们上飞机回阿富汗去。我们问什么时候，他们说就是现在，要我们准备好。

我们拒绝了。

妈妈反抗他们，我也反抗。但警卫按住了我们，给我们戴上了手铐。我们被押着坐上了面包车前往机场，我们一边捶打车门，一边大喊大叫。他们把车开到了飞机旁边，想把我们扭送上台阶。我们不愿意走，他们就半拽半抬地把我们拖了上去。甚至到了座位上，妈妈也没有停止反抗。我那时都快放弃了，可妈妈一直没有。所以我们现在还在这儿，是因为妈妈没有放弃。

最后，机长走过来说，如果我和妈妈待在飞机上的话，他就不愿意起飞，说我们危害了其他乘客的安全，会吓到他们。所以警卫只好把我们带下飞机，把我们送了回来。看到我们被送回来，所有警卫都很不开心。我们戴了手铐的手腕还在隐隐作痛，我们全身都留下了淤青，但我们不在意。妈妈对我说，那晚外公肯定会为我们感到自豪。他一直在为自由而斗争，父亲也是如此，用他自己的方式。我们也一定要为我们的自由而斗争，永不言弃。

我们就这么干!

外 公

　　阿曼转向他母亲:"妈妈,这是您教我的,是吧?永远也不要屈服!"阿曼说这话时用的是英语,但从她脸上露出的微笑可以看出,她明白他的意思,从头到尾都明白。

　　阿曼握紧了她的手,继续说道:"他们肯定还会来,会来把我们带走的,也许是今天,也许是明天,也许是下周——但无论怎样,我们都不会屈服的,对吗,妈妈?"阿曼的母亲没有回答,只是伸出手,既怜爱又自豪地拍了拍阿曼的后脑勺。

"她不会回答的,"阿曼说,"我们一来到这儿,妈妈就定了个规矩,我跟她说话必须要用达里语。她说我永远都不能忘记自己是哈扎拉人,只要我一直还讲着达里语,我就永远不会忘记自己的身份。我跟她说我们必须得说英语,因为我们现在不仅仅是哈扎拉人,也是英国人,我们两个人都是。为此,我们还吵了一架,对吗,妈妈?"

不知怎的,我总觉得他的母亲已经没有在听他说话了。因为她后来就一直在盯着我。

犹豫片刻后,她终于开口跟我说话了。她慢慢地一边竭力搜索着她所知道的英语词汇,一边一字一顿地认真地对我说道:"谢谢你来看望我们。阿曼跟我提到过你。他很喜欢你。你对我们太好了。"

但是,那会儿我有点心不在焉——事实上在阿曼讲故事的那整个下午,有好几次我的注意力都被旁边一个小女孩分散了。她穿着粉红色的裙子,两三岁的样子，一直在会客室里跑来跑去——我一来就注意到她了——每一次房间的那扇大门被打开，有人走进走出的时候，那个小女孩都会朝那边跑过去，可每次还没等她跑到，门就嘭的一声在她面前关上了。那扇门是这个房子里唯一通往外面的出口。

虽然这扇门的外面还有好几扇门，但她似乎很清楚，如果想要离开这个地方，必须先穿过这扇门。当大门再一次在她面前关上后，她便站定在那里，抬头看看那扇门，又转头看看站在旁边的警卫，然后她在地板上坐了下来，手里抱着她的泰迪熊，吮着拇指等着那扇门再次被打开。而那名警卫就一直杵在那里，冷冰冰地低头看着小女孩，手指还在拨弄着皮带上挂着的一串钥匙，像摇拨浪鼓一样把它们拨得哗哗响。

过了一会儿，我站起来准备离开。"我还会来的。"我对他们说。

"希望那时我们还在这儿吧。"阿曼回答道。我没想到他会跟我握手，但他伸出了手。当我握住他的手时，我感到手里被塞了个什么东西——我马上就猜到是那枚银星徽章。阿曼紧紧地盯着我，用眼神示意我不要朝下看，而是直接把手收回口袋里然后走掉。我离开了拘留中心，大门在我身后紧闭，我再次回到自由世界，但从那一刻起，我知道，他们的未来都握在我的手心里了。

马特和多格在外面等我。"怎么样了，外公？你在里面都待了好几个世纪了，你见到他了吗？"

"见到了，还有他母亲。"我说。

"他们还好吗？"马特问。

"暂时还好。"

马特很想知道里面到底发生了什么。我把阿曼的银星徽章给了他，然后一边开车，一边把阿曼告诉我的故事讲给他听：关于巴米扬，关于他们从阿富汗逃走时发生的所有不可思议的事，关于影子和布罗迪中士，关于他们噩梦般的英国之行，还有关于亚尔斯伍德拘留中心的一切，里面到底是什么样的，还有那个穿着粉色裙子的小女孩——我就是没法忘记那抹粉色的小小身影。马特静静地坐在车里，多格像往常一样靠在我的肩头。

差不多快到家的时候，我的陈述也接近尾声了，一路上马特什么也没说，什么问题也没问，只是坐在那里静静地听着，手里捧着阿曼的那枚银星徽章。

"他从没跟我说过这些，"马特说，"他什么都没告诉过我。"

顿了顿，他又说："我见过那辆红色小火车，他一直把它放在自己的房间里。我以为那就是个玩具，你懂吧，就小时候很喜欢的那种……他从来都没跟我提过这辆火车的来由。"

后来，在回到家之前，我们都没再多说什么。到家门口时，我们在车里坐了一会儿。我知道马特在想什么，我猜他也知道我的想法。

　　"没用的，马特，"我先开口了，"我想破了头也没想到办法，这事根本没希望。即使我们真能想出点什么，也已经太晚了，我们什么都做不了。"

　　"不，有的，外公，"马特说，"没有也得有，我们必须得做些什么。"

流星

马 特

说实话。

当我听着外公在车里说起这些事的时候，我心里一开始是觉得很委屈的。

为什么阿曼从来没有告诉过我这些事情呢？我难道不是他最好的朋友吗？他信不过我吗？

是啊，我当然知道他很小的时候就从阿富汗来到了英国。我虽然从来没有问过阿曼他过去的那些事情——因为我觉得不好意思去问——但是他也从来没跟我提起过这些。

是啊，我也知道他的父亲过世了，但他只说了这个，从来都没说过他父亲是怎么过世的，什么山洞啊，狗啊，士兵啊，所有有关政治避难者的一切经历，他一个字都没提。六年，整整六年，他什么都没有告诉我。他那枚银星徽章，我甚至连听都没听过。现在呢，这东西却静静地躺在我的手心里。

不过，当外公再继续往下说的时候，我内心的委屈慢慢化为了怒火——当然不是生阿曼的气，而是因为阿曼母子在那个叫亚尔斯伍德的地方受到了那样的折磨。

这简直是不公至极、残忍至极、错误至极。

我一边思考，一边就慢慢理出了头绪，我已经想到下一步该怎么做了，只是我不知道这管不管用，但无论怎么说我们都必须试试。我和外公回到家之后便坐在了餐桌旁，外公给自己倒了杯茶。

我知道外公也会聊这件事的，因为他跟我一样愤怒至极。即使我告诉他我的主意，他也不会觉得我的想法多有创意，因为他肯定早就想到了。

"您懂我意思的，外公，"我对他说，"您把阿曼的经历写下来，发到报纸上。您是名新闻记者，做到这点应该不难，对吗？如果人们知道了阿曼的故事，了解他们所有的遭遇，还有他如何救下影子和那些士兵的事，他们就会跟我们一样愤怒，然后，大家就会拥向亚尔斯伍德拘留中心去抗议示威。我打包票，他们绝对会来的。这样一来，政府，或者那些管事的人，就不得不改变他们的决定了，对吧？外公，我们试试吧。"

外公若有所思地啜了一口茶。"你真的认为行得通吗？"他问。

我把阿曼的银星徽章放在面前的桌子上。"起码阿曼觉得行得通，"我说，"所以他才会把这枚徽章交给你。他就指望着我们了，除了我们没别人能帮他了。"

外公在桌子的那头一直看着我。"好，就这么定了，"他终于答应了，"来大干一场吧。"

他马上站起来，走进隔壁房间给他以前所在的报社责编打电话。责编接了电话，但他们并没有聊很久。

他回到厨房时有点垂头丧气的，我猜他八成是被拒绝了。

"我不知道我能不能行，马特，"他说，"责编听了之后很兴奋，说很喜欢这个故事。他还说如果我写得好，这篇文章就会登上明天报纸的头版；但是，如果想要在明天的报纸上发表，我得在两小时内把稿子写好。一千五百字，六点钟必须交过去。"

"所以呢？"我耸了耸肩，"您觉得有问题，是吗？想想您以前告诉过我多少次，做作业的时候不要犯拖延症？"

"嗯，你说得在理。"外公笑了笑，回答道。

他坐在餐桌旁的笔记本电脑前开始码字了。其间，他几乎就没有抬起过头。我想越过他的肩膀看看他写的文章，但他不让我看。直到他全部写完了，还从头到尾检查了一次，加上了最后一个句点，他才肯让我看。

"怎么样？"他问。

"太精彩了。"我说。这篇文章的确是太棒了，当我读完第一遍的时候，泪水已经蓄满了我的眼眶。他马上通过邮件把文章发给了责编，半小时后我们收到了回信。

邮件上说：明天见报，头版头条。一字未改，包括照片、全文，还有标题"我们希望你回来"，你要求的署名，还有最后的特别呼吁：呼吁大家明天早上八点一起去亚尔斯伍德拘留中心参加抗议活动。我们报社是你坚实的后盾，祝你好运。

之后，我给家里打了个电话，告诉妈妈我和外公在干什么，关于今天发生的一切，以及第二天早上外公的文章将会被刊登在报纸上的事。

这通电话打了很久很久——外公也和她聊了几句。到后来，她听说了阿曼的事情，便决定要尽自己所能来帮忙，爸爸也是。他们打算通过电子邮件、推特、脸书、短信、电话等一切方式联系我们认识的所有人——家人、朋友、老师、同学，并尝试说服他们来参加抗议活动。

妈妈对这件事是真的非常上心。她说，她在学生时代就非常热衷于社会活动，而且非常了解怎样去组织一场抗议活动。第二天他们会亲自来亚尔斯伍德拘留中心支持我们——那是当然。

然后，爸爸也接过电话，说他为我感到自豪（我真的很高兴他能这么说，因为他以前好像从没说过这种话）。他的声音听起来有些哽咽，说有时候当个惹是生非的捣蛋鬼也不赖，而现在就是那个"有时候"，但我可没打算养成这种习惯啊。

抗议的组织工作都交给了爸爸妈妈之后，我和外公就在厨房的地板上忙着做横幅。我们在地上铺满了报纸，同时，我在花园小屋里发现了一罐用剩下的绿色颜料，这不是最理想的颜色，但也过得去。我们做了两条横幅。其中一条写着：让阿曼回家！（这是我的主意。）另一条则写着：放过我们的孩子！（这是外公的主意。）

做横幅花的时间比我们想象的要多得多。多格一直在横幅上走来走去，用它蘸了颜料的大爪子给横幅"乱加标点"，扰乱我们的制作进程。我们一次又一次把它撵走，但它一次又一次跑回来。它以为我们在玩什么游戏，我们也没办法跟它说明白。横幅做好之后，我们就坐在花园里，倚在外婆的树旁边仰望着星空。那天晚上有很多流星，很多很多。我数了数，光睡觉前这段时间就有六颗。但最重要的那颗仍然被我握在手心里，我紧紧地握着它，向它，向我看到的每一颗流星许下了我的愿望。

"只有两个人和一只狗"

马特

几小时后，我们就开始动身前往亚尔斯伍德拘留中心——那天晚上我几乎都没睡。车的后备厢里塞着卷起来的横幅，后座的多格兴奋地朝外公的脖颈哈着气。它知道我们要干大事了。

我们从街角的商店里买了几份晨报，头版赫然印着阿曼的故事，这正是我们想要的。

"唉，"外公说，"拜托拜托，多少掀起点风浪吧。希望今天早上伦敦那边能有不少'部长'因为这件事在吃早餐时被噎住。"

　　我们都以为起码会有几十人在亚尔斯伍德拘留中心的大门外等候，但实际上那里一个人都没有。我完全不明白。外公说现在还早，不必担心，大家很快就会来的。但我还是给爸爸妈妈发了消息，想问问他们是否已经在路上了。他们没回复我，我愈加焦虑沮丧起来。

　　说起来挺搞笑的——也挺难过的，只有我和外公，还有多格一起站在亚尔斯伍德拘留中心的铁丝网外面，高举着横幅，等待着，希望有人能注意到我们，这样过不了多久我们就不会孤零零的了。每次有车开过来的时候，我们都希望他们能够看到我们，但它们都只是匆匆从我们身边经过，或者径直开进大门里。人们用奇怪的表情看着我们。

　　大门处的警卫透过铁丝网看了我们一眼，之后便回到警卫室开始打电话。不管怎么说，至少他们已经注意到了我们，我想，总算没有白忙活。再后来，又过了无比漫长的一个多小时，还是没有一个人来加入我们的行列。我看得出外公在努力掩盖他的负面情绪，但实际上不管是他还是我都感觉失望透顶。

"这根本算不上大规模的抗议吧？"我说。

"再等一会儿，马特，再等一会儿。"外公喃喃说道。

我知道他在尽最后的努力，他只是不想我太难过，但他后面说的这些话却真的让我很生气。他说什么对大多数人来说，现在甚至还不到早餐时间呢，什么一切都会好起来之类的。

"会好才怪。"我不耐烦地打断了他，"根本没有人来，根本不会好起来。"说完，我就拉着多格跑开了，一方面是因为我看出多格也受不了被一直拴在这儿，但最主要的还是我为自己刚才对外公的恶劣态度感到羞愧。我松开了多格的狗绳，我们一起沿着拘留中心边缘那片宽阔的草地奔跑。

当我回到外公身边，正想跟他说声抱歉时，我们终于看到一辆车慢慢地驶了过来，然后停在了路边。第一个抗议者终于出现了，我想。但那是辆警车。两名警察从车里出来，走到我们面前，其中一个边走边对着对讲机说话。我听到他说："没什么大事。只有两个人和一只狗。"

他们走过来问外公我们在那儿干什么。外公便竹筒倒豆子一般开始说了起来。我觉得很惊奇，因为我还从来没见过他这么强硬和大胆。他告诉了他们阿曼的事，说那些无辜的孩子和家庭是如何被关在里面遭受折磨的，说这种行为是多么残忍无情，而且错得离谱。我接着他的话头继续说了下去——因为我也很生气。

"试想，如果您的孩子什么都没有做错却被无故关起来，您会是什么心情呢？"我说，"我最好的朋友被关在里面，他们随时都会把他遣返回阿富汗——但

他在英国已经住了整整六年！现在您知道我们为什么抗议了吗？"

那两名警察看起来有点吃惊。他们记下了我们的名字，然后说我们可以在这里待着，但不能堵塞交通，也不能妨碍公众安全——我也不知道这什么意思，然后他们走开了，但只是回到了他们的车上，坐在车里远远地盯着我们。这让我感觉自己更傻了，因为我知道那两个人绝对在笑我。

我们在那里已经待了两个多小时了。我还是打不通爸爸妈妈的手机。他们的手机要么关机了，要么就是没信号了。现在已经快十点半了，过了这么久，大家要是想来早就到了。我不停地带着多格到处跑，让自己有点事做，这样我就不会觉得太难过了。但这不起作用，我还是很难过。我已经打算放弃了。

"没用的，外公。"我说，"面对现实吧，根本没有人看我们的文章，就算有人看了也没人来，我们在这儿待再久也没用。"

就在这时，外公坐了下来，拍了拍身边的草地示意我也坐下，然后从他带来的热水瓶里给我们倒了些茶。我们还吃了很多巧克力全麦饼，我感觉好了一些。"你有带上那枚银星徽章吗？"过了一会儿，外公问我。

"带了。"

"握紧它，马特，用你最大的力气握住它，然后祈祷好事发生。这是阿曼说的，当事情变得很糟糕的时候，他就是这么干的，这对他来说很有用。"

我照他说的，紧紧地握住了口袋里的银星徽章，直至泪水湿润了眼眶。

就在这时，我们突然看到一辆黑色的小客车正缓慢地开上山坡，朝我们驶来。我们走近一看，是辆出租车。它刚好停在我们面前。车的前门上印着"曼彻斯特米尔出租车公司"。从车上走下来六个人，他们都是阿曼的家人——阿曼家的每个人我都认识——最后一个下车的是米尔舅舅，他被米娜舅妈搀扶着。

米尔舅舅看上去很虚弱，但神情坚定，他向我走来时吃力地拄着一根拐杖。他跟我和外公握手，含着眼泪深情地感谢我们为阿曼所做的一切。而后，他们一家人都围了上来，把他扶到轮椅上，又给他裹上毯子——米娜舅妈总是责备他违背医嘱不坐轮椅。

在轮椅上坐好之后，他告诉我们，他看完报纸上的那篇文章，便决心无论如何都要来到这里。"阿曼就像是我的亲生儿子一样，"他对外公说，"我为他和他的母亲感到骄傲。但你的文章里好像少说了一件事。阿曼写过信给他——那个士兵，布罗迪中士。他没有告诉你吗？"

"没有，"外公说，"他没提过这个。"

"但他真的写了，"米尔舅舅说，"写了两次。一次是问他能不能去看看影子，他很崇拜那只狗，一直如此——这么多年过去了，他还惦记着它——但他没有收到回信。之后，他又写信请求布罗迪中士支持他们对政治避难者的请求，这样他们才有机会继续留在英国。他查到了兵团的地址，把信寄了出去——那封信还是我亲手邮寄的，但仍然没有回音。他一直在等，却始终没有任何音信。阿曼虽然很难过，但他从没有生气，可我就不一样了。这么说吧，只要我见到那个家伙，我一定会给他点颜色看看，我是认真的。"

雨中曲

马 特

"所以，到底是为什么？"米尔舅舅越来越沮丧了，他继续追问，"为什么布罗迪中士就是不回信呢？你们知道阿曼那天都做了什么吗？他救了他们的命啊，真主安拉！"他的妻子尝试让他冷静下来，但米尔舅舅并没有理会。

"如果所有的朋友都像中士一样的话，那和敌人有什么两样？"他的语气听起来很无奈。

米尔舅舅还在念叨，我抬起头，突然看见了爸爸的车正朝我们开来，妈妈探出车窗正朝我们挥着手。

来了，他们可算是来了。

不仅是他们，他们后面还跟着整整一列车队，其中至少有十个是我们家附近的邻居和朋友。下车后，妈妈跟我们解释了一大堆，什么高速公路堵车啦，然后手机电池没电，所以联系不上啦。

但我一点都不介意了。因为现在，他们都来了。

突然，我开始相信，或许这个方法真的行得通。又过了一个多小时，一辆大巴从道路那头开了过来，从车上鱼贯而出的——我一眼就认出来了——是我们足球队的队员们，因为他们穿着蓝色条纹的球服。

外公和我高兴地跳了起来，我们激动得互相拥抱，开心地又笑又叫。这真是个振奋人心的时刻。多格也受到了感染，看到这么多人来都乐疯了。

弗拉特·斯坦利来了，萨米尔、乔、索利……他们都来了，大家朝我们跑了过来。现在，我们整个球队都在这里了，我突然觉得自己变得强大无比，没有什么可以阻挡我们了。我们一定会赢。我们也一直都在赢，不是吗？

"好家伙，你这一趟挺有成绩啊。"弗拉特·斯坦利咧开嘴笑着说道，"都是为了阿曼，对吗？"

"为了阿曼。"我点头。

父母们和老师也都跟着来了，还有一些跟我们同一年级的同学，整整来了一车人！他们举着几周前我们在学校照合影时制作的那条横幅。我们当时拍那张合照就是为了寄给阿曼，横幅上面写着：

我们希望你回来！

每一个字母都用了巨大的加粗体，而且涂成了不同的颜色，像彩虹一样，很抢眼，很明亮。

现场又来了很多电视台的记者，很多。还有报社的、广播电台的，所有人都想采访我们。最终，下午三四点时，我们所有的朋友和家人都加入了这支队伍，正如我们所期待的那样，他们都来了。他们从各个地方赶到这儿来，大部分是从曼彻斯特和剑桥那边来的，有些人甚至更远。

莫拉格伯母今年已经八十四岁了，但她还是义无反顾地从奥克尼那边飞了过来，还带来了她的三个朋友。她在拥抱我时跟我讲，她来这儿就是为了支持我们这个有意义的行动。让我和外公惊喜的事情越来越多。总的来看，聚在这里的人少说都有几百个了吧，还不断有人加入。

没人事先说好要唱歌，但一切就是那样顺其自然地发生了。大多数时候，都是由弗拉特·斯坦利、萨米尔和足球队领头，然后我们所有人跟着一起。

"阿曼，回来！阿曼，回来！"

越来越多的警卫逐渐聚集在大门的后面，看起来，他们开始越来越焦虑了，一直在打电话。

显然，国家电视台和广播电台已经在午间新闻的时候报道了我们的抗议行为，报纸上的故事也已经传出去好几个小时了，包括附在故事后面的邀请，邀请所有人加入我们。我们欢迎任何人加入。

事实也是如此。每时每刻都有人加入，队伍越来越壮大，几乎超过了我们的想象。这次行动早已不是一个小小的抗议活动了——它不断凝聚成一个巨大的群体，大家高声呐喊着，唱着，那波澜壮阔的场景真是令人难忘。这才是真正的抗议，真正的游行。现在，我们已经有足够的底气去告诉所有人，不达目的我们决不罢休，也不会撤离。

不过，警察也越来越多了，大型的白色警车呼啸而来，警察们跳下车，头上戴着头盔，手里拿着盾牌。直到这时，我才意识到事态的严重性，才后知后觉地认识到事情最后很可能会发展到不可收拾的地步。

我周边人们的情绪越来越高涨，从那些警察脸上的表情来看，我知道他们也绷得紧紧的。警察们都带着警犬，但是它们跟我的多格一点都不一样。只要它们稍靠近我们时，多格就会毫不客气地朝它们狂吠。而且我很开心地发现，那些警犬居然对多格的行为表现出吃惊的表情。那些警犬看起来都不知道自己应该做什么。为此，我很为多格感到自豪。它和我们一样，并没有被这场面吓到。

大家一直在推搡着，大声抗议着，唱着，所有这一切看起来是那么令人振奋，但同时也令人恐惧。我甚至开始怀疑，起初的这个想法到底是不是一个好主意。我的意思是，阿曼依然被关在里面，关在亚尔斯伍德拘留中心里面，而我们还是只能待在外面。没错，我们现在引起了很大的轰动，但我们同时也给自己惹上了麻烦。这样做真能带来什么好处吗？万一有人因此受伤的话，我们还怎么能帮助阿曼和他妈妈呢？

我感到自己的信心和希望再一次逐渐流失了。我赶紧把手探进口袋里，紧紧握住了阿曼的徽章。它和刚刚吃下的巧克力一起，再加上周围人高涨的情绪，我终于又重新振作，重拾勇气，继续与他们一起高声唱了起来。

然而，天突然下起雨了，雨下得很大。很快，唱歌和呐喊的声音就逐渐变小直至消失了。大家静静地站在雨中，水珠沿着身体不断滴落，寒冷侵袭着我们，我觉着自己真的很可怜。这场雨就像是那些警察专门安排用来瓦解我们的斗志的武器，事实上，它也确实开始奏效了。就在这时，外公做了一个出人意料却又十分伟大的举动。他开始唱歌，就在雨中。

他唱的是《雨中曲》——他最喜欢的一部电影中的插曲。那部电影也是我的最爱，之前我跟外公经常会一起重温它的 DVD。不一会儿，所有人就都跟着一起唱了起来，大家笑着，手挽着手，在雨中又唱又跳。

虽然没有警察跟我们一块跳舞，但我注意到了，他们其中一些人也开始露出了微笑。

但一首歌能有多长呢？很快大家又呆呆地站在雨里，周围一片死寂，我们在等待着，却不知道在等待什么。我的意思是，我们清楚自己的初衷，也进行了抗议活动，但是然后呢？一小时过去了，两小时过去了，我们依旧站在雨中，全身湿漉漉的，瑟瑟发抖，又冷又累。没有人直接这样说，但我知道他们和我想的差不多。阿曼和他的妈妈依旧被关在亚尔斯伍德拘留中心里。

即使他们最后出来了，也只会有一辆车把他们送到机场，让他们离开这儿回到阿富汗。迟早，我们所有人都会慢慢散了，回到自己家里，最终一无所获。阿曼的那枚银星徽章似乎都没办法给我力量了。

大大小小的警车从看守所开进开出。现在，铁丝网的那头聚集了越来越多的警卫。我注意到他们其中一些人正在对着我们拍照，不断有增援的警察来到现场。现在的局势就是，有一百多名警察面对着我们，面无表情，一声不吭，双方陷入了僵局。

但是，他们已经不能再吓到我了，我想。也许是因为我真的太冷了——身上全湿了——肚子又太饿了，以至于我没有工夫去考虑恐惧这件事。

天气是我和外公的计划中完全没有考虑的情况，我禁不住想，我们怎么就没想到要带一把伞呢？现在茶也喝完了，饼干也吃完了。如果这时所有人都撤离了，只剩下我跟外公在雨中的话，情况会怎样呢？我几乎能感觉到，我的那股绝望也慢慢在周围的人群中逐渐蔓延开来。抗议的队伍渐渐分崩离析，有人开始撤离。足球队队员们看起来也很冷，惨兮兮的，就好像他们刚刚输了个十比零一样。米尔舅舅早就被家人带到车上躲雨去了。很明显，我们坚持不了多久了。

但雨停的那一刻，我们所有的希望和精神重新被点燃了，太阳出来了。突然，我们看到了一道彩虹，就挂在拘留中心后方的天空上，五彩斑斓的，非常耀眼。

"每每看到彩虹，我都觉得它是一个祥兆。"外公是这样说的。

又过了一会儿，彩虹变成了一道双彩虹。这时候，人群中的每个人都开始欢呼雀跃。我从来没看过有人为彩虹而欢呼过，但就像外公所说的那样，这是一个好兆头。它肯定是的。绝对。

就在那个时候，我看到有一名警察横跨过马路，大步朝着我们走来。他肯定是想做点什么，因为他手里拿着扩音器。"能听我讲几句吗？"他举起扩音器开始说话。过了好一会儿，大家才慢慢安静下来。他继续说："我是斯莫尔伍德指挥官。我刚刚才接到通知，坎女士和她儿子阿曼在今早早些时候就已经离开了亚尔斯伍德拘留中心了。他们被送到希思罗机场去赶那班飞往喀布尔的飞机。所以，我必须得跟你们声明，这两个人已经不在这里了。他们已经被送走了。"

回家

马 特

    所有人就那样僵在原地，谁都说不出话来。我抬起了头，泪眼蒙眬中看到有一只黑鸟在那光秃秃的铁丝栅栏顶端唱着歌，那道双彩虹依然横跨在天际。但所有的这一切好像都在嘲讽着我们。

    那位指挥官的话还没讲完。"所以现在，就像你们知道的那样，"他继续说道，"你们继续聚集在这里已经没有意义了。一切都已经结束了。所以在我们失去耐心之前，大家就都散了吧。各回各家。散了吧，回家吧。"

我想如果我没有听到身后足球队传来的啜泣声的话，或许我也不会哭吧。但现在，我的眼泪夺眶而出，心里感到特别难受。外公紧紧地抱住了我的胳膊，我们不知道要说什么了。

一切都结束了。

我丝毫没有察觉到有车子朝我们驶来。等我看到它的时候，它好像就是突然出现在那里的，突然出现在我们的面前，突如其来，无迹可寻。

我看着车门被打开，不知道车里会是谁。但其实我也不是真正在乎到底是谁，我只知道我现在心里很难受。第一个下车的是一个小女孩，十岁或十一岁吧，我想。紧接着，她牵着的一只狗也跟着跳下了车。

这是一只猎犬，一只棕白相间的猎犬——长得很像多格。对，就是跟多格长得一模一样。

那个小女孩一边费力地牵住那只狗，一边还得想办法帮一位男士从后排的座位上下来。等他下车站直后，我发现他是一名士兵，穿着卡其色的军服，戴着顶军帽，胸口上挂着很多勋章。他挂着一根拐杖朝我们走来，他左右张望，端详着周围的一切。但他的样子看起来有些奇怪。我立马就发现了其中怪异的地方——他看东西的样子跟盲人的方式很像，他在看，但其实什么也没有看到。

那个小女孩依然还在捣鼓着怎样拉住那只狗。

"外公，"我悄悄地问，"那就是布罗迪中士，对吧？那只狗应该就是影子吧。肯定是的。"

现场所有人应该都意识到他们是谁了——通过报纸上外公写的故事知道的——所有人都鼓起了掌。影子和多格，这两只狗则用鼻子嗅着彼此，尾巴开心地摇来摇去。

"很抱歉我们来晚了。"那名士兵说，"交通，还有伦敦所有的一切都比我预估的时间要长得多。对吗，杰西？噢，这是杰西，我的女儿。我是布罗迪中士，阿曼的一个老朋友。"影子和多格这时已经互相把对方嗅了个遍，正兴奋地小声叫唤着，像在跟对方打招呼。

有好一会儿，我们所有人就呆呆地站在那里，也不知道该说些什么。最后，外公打破了寂静："恐怕您来得太迟了。就在刚刚，他们告诉我们，在我们到这儿之前，阿曼和他妈妈就已经被带走了，就在今天早上。他们已经在回阿富汗的路上了。我们都太迟了。"

影子一直围着我的脚在东嗅西闻。"不好意思，"杰西一边道歉，一边试着把它拉回来，"它总是这样到处嗅，它就喜欢那样。"多格总是跟着影子一起，也许它觉得找到了自己生命的伙伴，它们可以一起嗅东西，一起摇尾巴。

"噢，还不算太迟。"布罗迪中士笑着解释，"显然，你还没听到那则新闻，是吧？"

"什么新闻？"我好奇地问道。

"关于火山喷发的，"他女儿接话，"冰岛那边的一座火山。现在整个天空都被笼罩在一片火山灰当中，所以没有飞机能够起飞。没有一架能。去阿富汗的不行，去哪儿的都不行。所有航班都被取消了。"

"是的。"布罗迪中士接着说，"我想我应该解释得更清楚一些，当杰西今早给我读到你们那则新闻的那一刻，我立马就给部队打了电话，把整个故事告诉了我们的指挥官——当然，故事的部分内容他是早就知道的。接着，他就安排我立马跟他一起去伦敦面见部长。"

他拍了拍自己胸前的一枚银色勋章。"这枚小小的奖章是他们给我的，叫作十字勋章，它可以给我们打通些门路，能派上些用场。我一直都觉得它是一枚幸运勋章。当然，我还有很多伙伴，他们跟我一

样，也配得上拥有它。所以，事实就是，如果没有这枚幸运勋章，没有那座火山，现在阿曼和他妈妈可能真的已经离开了。这是毋庸置疑的。长话短说，不管怎样，阿曼和他妈妈都留下来了。部长听完我的叙述后，感慨这是一个特殊的案例。当然，他百分百是对的。阿曼是我们的好朋友，也是我们部队，甚至我们整个军队的好朋友。所有人都会关心自己的朋友，这也是我告诉部长的话。随后，他一通电话便取消了对他们俩的驱逐令。我已经跟阿曼和他妈妈通过电话了，并跟他们说了这个好消息。我想他们肯定都非常高兴！现在他们已经在回到这里的路上了。"

我花了好一会儿才理解了他的这番话，并把消息告诉了大家。听到消息时，大家开心地互相拥抱，欢呼雀跃，其中也有不少人喜极而泣。后来，所有人又开始唱起了《雨中曲》——即使那时候并没有下雨，我想你会懂得我的意思，因为那是开心的歌唱。

　　那个最美好的时刻终于在差不多一小时后到来了。这是我们所有人最期待的时刻，我、外公、米尔舅舅和他的家人，以及人群中的每一个人都在翘首期盼。终于，我们看见一辆车从道路那头朝我们驶来，阿曼和他妈妈坐在里面朝我们挥手。在看到影子的那一刻，阿曼立马从车上跳了下来冲向了它。他俯下身子，一把把它抱了起来。我就在他们旁边，足球队队员们围了上来，我们所有人再一次团聚在一起。

　　好久好久都没有人讲话。影子把阿曼的耳朵舔了个遍，阿曼被逗得咯咯地笑了起来。他抬头看着自己的妈妈："看到了吧，妈妈，我说过它记得我。我跟你说过，我没错吧？"

　　"阿曼？"中士喊道，向他伸出了手。阿曼站起来，握住了他的手。

　　"我给你写信了。"阿曼小声地抱怨，"但你从来没回过信。"

中士皱了皱眉，用指尖抚摸着阿曼的前额，他看起来好像很痛苦似的。"我很抱歉，阿曼，"他轻声说，"但我从来没收到过信。应该是中途弄丢了，我觉得，由于这样或者那样的原因。因为在过去几年里，我一直在住院、出院，其间一共进行了十五次手术。其实，那只是一个简易的炸弹装置，IED，就是一个普通的路边炸弹。那天爆炸发生时，我刚好没带着影子。这是最让我觉得后悔的事情了，如果它在的话，那些都绝对不可能发生。自那以后，我一直在接受各种治疗。装了新胳膊和新腿。好在新胳膊和新腿用起来感觉都很好。但是他们却对我的眼睛束手无策。从爆炸那天以后，我就再也看不见任何东西了。"

阿曼后退了一步，我知道，他这时才第一次注意到了中士那根白色的拐杖。"对不起，"他抱歉地说，"我一直都在怪你没有给我回信，甚至有些时候会恨你。"

"你不可能知道这些的，"中士安慰道，"不是任何人的错，阿曼，要怪也是怪那颗炸弹，怪这场战争。但不管怎么样，我们最终还是相遇了，不是吗？'看看事情好的一面，因为总有些人会比我们的处境更悲惨。'这是我外婆以前经常跟我说的话。她是对的。爆炸可能给我带来了很糟糕的后果，但对我的一些伙伴来讲，他们的情况可能更糟糕。那天他们把受伤的我送回来，当我在医院的时候，我就跟杰西讲起了你和影子的故事。听完之后，她就决定以后要叫它影子，它对我们而言不再是波利了。影子现在就是我的眼睛，而这些都要归功于你，我的孩子。"

就在那时，阿曼看见他妈妈正推着米尔舅舅穿过人群向我们走来。他立马飞奔了过去。不一会儿，他就蹲在了米尔舅舅的轮椅旁边，阿曼隔着人群望着我笑了。我从口袋里掏出那枚银星徽章，把它还给了他。他什么也没说，也没有说的必要。

那天晚上，等我们回到家的时候，夜已经深了。我们回到了外公的家，我和阿曼两个人就坐在院子里外婆的树底下。我很伤心，虽然我知道我不应该如此。但我觉得这一天肯定会是我生命中最棒的一天，以后都不会再有像这样的日子了。

我们已经喂过多格了，它这会儿正像平时那样躺在我的脚边，把它那重重的头靠在我的脚上。它看起来也很沮丧。我想可能是因为它正在想念自己的新朋友吧。

星星忽闪忽闪的，在天空中与我们遥遥相望。

"真美啊，是吧，马特？"外公感叹道，"我觉得星星就是美好的代名词，你觉得呢？"

"是的，外公。"我回答道，"但你让我从火山或星星中选一个的话，我会选火山。火山真的是一个最棒的存在了。"

后记

阿富汗战争

    1996 年，塔利班上台，统治阿富汗长达五年之久。该政权由于践踏人权的苛政，禁止妇女教育的极端思想而臭名昭著。2001 年的"9·11 事件"以后，美国总统乔治·沃克·布什宣布奥萨马·本·拉登为此次事件的头号犯罪嫌疑人。美方认定本·拉登应该就在阿富汗，所以向阿富汗方发出了最后通牒，要求阿富汗交出国家基地组织的头领。这个要求遭到了阿富汗方的拒绝，于是该年 10 月，美英联军开始轰炸阿富汗。11 月，联合国正式成立驻阿富汗国际安全援助部队，帮助维护阿富汗首都喀布尔及其周围地区的安全。

自 2001 年起，阿富汗政权再三更迭，塔利班势力在阿富汗境内时强时弱，对国内各地的控制也是不断更替。2001 年，当美英联军开始进军阿富汗的时候，那年的民意调查显示，大约有 65% 的英国人支持这场军事行动。然而，到了 2008 年的 11 月，情况发生了变化，68% 的英国人支持军队从阿富汗撤军。

目前还没有官方数据显示这场战争所造成的平民伤亡数，但有些人预估这个数字可能多达数万。仅在 2010 年 8 月 1 日的一场行动中，就有三百二十七名英军死在阿富汗。

亚尔斯伍德拘留中心

亚尔斯伍德拘留中心是位于英国贝德福德郡的一所移民拘留中心，可容纳四百零五人，主要收容那些等候英国发布驱逐令的妇女和家庭。其综合设施包括为拘留者提供的医疗和教育设施。

自 2001 年 11 月亚尔斯伍德拘留中心运行以来，被拘留者们已经在基地中心进行了数次抗议和绝食活动，反抗他们受到的不公正待遇，其中包括亲子分离，以及没有任何渠道和机会进行法律援助或申诉。

监狱总巡查员在一篇调查报告中指出，很多孩子

影子
SHADOW

其实并没有必要被关在亚尔斯伍德拘留中心，并对这些小孩的健康与安全表示了担心。2010 年 7 月，英国政府宣布废除亚尔斯伍德拘留中心对于儿童的拘留制度。

军队嗅探犬

像影子这样的史宾格犬通常会被警察、监狱以及军队训练成嗅探犬。通过相关的训练，嗅探犬可以利用自身的灵敏嗅觉探测到一些特殊的物质，比如炸弹里的炸药，并给驯犬员发送信号。现在，英国军队里大约有二百只军事作业犬，其中就包括嗅探犬，它们在莱斯特郡以及塞浦路斯的国防动物中心接受训练。

2010年，特雷奥，一只八岁的黑色拉布拉多犬因为拯救了士兵们的性命而被授予了迪金勋章，这可相当于士兵们的维多利亚十字勋章。

2009 年 11 月，迈克尔·莫波格读报纸时读到了一个故事，这个故事最终成为《影子》这本书的灵感之一。这个故事是关于一只名叫"萨比"的黑色拉布拉多犬，它是一只嗅探犬，服役于驻阿富汗的澳大利亚特种部队。有一年，部队突然遭到敌人的伏击，有九人因此受伤，其中包括萨比的驯犬员，萨比也在这次伏击中失踪了。大家都以为它已经死了，但十四个月后它又跑了回来，它还活着，并且十分健康。很明显这期间有人精心照料了它，并将它送回了军队。但从来没人知道那个照顾它并将它送回的人到底是谁。可能——我说的是可能，那应该是一个有些像阿曼的小男孩吧……